勇者のお兄さまは、ある日 オオカミ少女を 拾いました!!

One day, I happened to meet a girl wolf.

目次

to meet a girl wolf.

One day, I happen

勇者のお兄さま

むかし、むかし、とあるところに仲の良い夫婦がいたとさ。

母親の方は魔法使いで、宮廷にもあがったことのある才女だった。

父親の方は剣術を極め、王国騎士団を率いる立場という人だった。

さて、その夫婦の間に最初に生まれた子にどういう教育をしたでしょう？

「レイ、魔法の練習は欠かさないのよ。毎日、魔力を使って魔力の総量を増やしていくの。これは早く始めれば始めるほどいいから、今日からすぐに始めるわ。魔法を使うために必要なのは魔力、使う魔法への想像力、そしてそれを解き放つ魔力操作よ!!」

「レイ、剣術の練習は毎日欠かすことができない。毎日、毎日、基礎訓練は何より大切だ。これで体力もつけることができる、今日からすぐに剣術の稽古をしてやろう。素振りや基礎訓練だけじゃだめだ。対人戦の経験を沢山つんでもらうからな」

「………………はい」

その頃はまだ意思のはっきりしていない、ついでに言葉の意味もあんまりよく分かっていない三歳児だった。レイ・ガルネーレ君。つまり俺は意味がわからないまま、両親二人の愛情という名の鬼の特訓を受けて育った。

その結果がどうなったかって？

魔法は一応習得できた。魔力の総量は多くもなく少なくもなく普通、初級魔法なら詠唱を必要とせずに使えるくらいの魔法使いには育った。

剣術も一応習得できた。才能は凄く沢山あるわけでもなく少ないわけでもなく普通、同年代の子と戦わせたら多分二回に一回勝てるくらいには育った。

ところで俺の両親は教育の成功と失敗に気がついた。魔法も剣術もそれなりにできるが、これといって特化した部分が俺にはなかったのである。

「あば〜、あううう〜」

「まぁ、可愛いわね。レイ、貴方の弟になるこの子の名前はパルスよ」

「うむ、俺に似ているしな。レイ、弟を可愛がってやれよ」

そんな第一子の教育に失敗した夫婦に七年経ってまた子どもができた。俺という失敗例を生かして、今度の子には剣術を中心に教えていくことにしたらしい。

そして、生まれた俺の弟は天才だった。

剣術を覚え始める年になると同時に、すくすくと育って最終的には父親でも構わずに倒せるようになっていった。また、それなら魔法を覚えてみるかという話になると、魔法にも才能があったようで中級くらいの魔法までならすぐに覚えてしまった。

「兄さん、こんなこともできないの？　だっさー、あっはははは!!」

「………………うるさい」

ただし、遅くに出来た子を可愛がり過ぎた両親のせいで性格は少し歪んでしまったらしい。俺はよくいじめられたものだ、そしてやりかえすと当然こうなる。

「貴方はお兄ちゃんなんだから我慢しなさい!!」

「兄なのに謝る弟を許せないの!!」

「どうして弟を可愛がれないの、こんなに良い子なのに!!」

俺が成人する十五歳になる頃には両親の愛情は八歳の弟が独り占めしていた。それなりに悲しかったような気もする、……どうも俺は喜怒哀楽が薄いらしく実はそんなに悲しいとも思わなかった。ただ、ちょっとうっとおしかっただけである。

長男である俺が成人したわけだが、親父はまだまだ現役の騎士団長だった。だから我がガルネーレ伯爵家では特に変化は無かった。強いて言えば俺が外の世界に遊びに行くようになったことぐらいだろうか。

ぎゃあああぁぁあぁぁぁぁぁあああぁ!!

「はあ!!」

俺は気合を入れてゴブリンを数匹斬り捨てる。更に襲い掛かってくるものは魔法で風の刃を創造して切り裂いた。

「ふぅ、ゴブリン相手ならこんなものか」

その頃に俺は親には何も言わずに冒険者登録もしていた。そこでプレートという古代のアーティファクトを入手してみた俺の情報がこれである。

名前　：レイ・ガルネーレ
レベル：12
年齢　：15
性別　：男
スキル：剣術、怪力、魔法剣、全魔法、毒無効

ちなみに平均的なこの世界の人間のレベルが10だと言えば、俺の平凡さがよく分かるだろう。冒険者ギルドのお姉さんもプレートを見た時、特に驚いたようなことも無かった。

それより俺は毒無効のスキルがついていることに驚いた。一体いつの間に俺は暗殺対象になっていたのだろうか。特に腹を壊したり、寝込んだりしたことは……あったな。弟が来てから、何度も

あった。

「…………………俺は死にたくないぞ」

それから七年、俺は騎士団に入り休みの日は冒険者をやっていた。ぼけっとしている俺であるが、嫌な予感がヒシヒシとしていたからである。そして、その予感は現実のものになる。

「勇者パルス様!!」

「悪の魔王を倒した、勇者様!!」

「我がムーロ王国に幸あれ!!」

「偉大な勇者様に祝福を!!」

やってくれましたよ、うちの弟のパルスは騎士団や教会、魔術師会の中から少数精鋭を連れて隣国の魔王セメンテリオを倒してきてしまったのである。ちなみにその時、弟が頼みもしないのにみせてくれた騎士団のプレートがこうなっていた。

名前　：パルス・ガルネーレ
レベル：54
年齢　：15
性別　：男

スキル：剣術、炎魔法、水魔法、神の祝福

レベルが50超えとか普通の人間じゃない。それからスキルの神の祝福とかどういう効果なのか意味が分からない。

とにかく弟は魔王を倒してしまい国の英雄となった。それと同時に俺はガルネーレ家から追い出されることになったのである。

「お前よりもパルスの方が才能も功績もありガルネーレ家の跡継ぎにふさわしい、またパルスの妾に子どもが数名生まれている。よってお前を廃嫡として、パルスに私の跡を継いでもらおうと思う。……お前もただ家にいるだけなのは辛かろう」

「…………分かりました、父さん。俺はこの家を出ていきたいと思います。……ただ、一つだけお願いがあります」

「なんだ、何でも言ってみろ」

長男である俺を家から放り出す罪悪感からか、父親は静かにそう言った。

自由への逃走

「あのメギストの剣をいただけないでしょうか、これから辛い世間を剣一本で渡っていく身。あの剣があれば故郷を思い出し、強く生きていけると思うのです」

　この時、俺は多分一生分くらいの演技力をつぎ込んだと思う。普段は喜怒哀楽の薄い俺の哀しむ演技に親父はしばらく悩んでいた。

「パルスには才能がある、お前に家宝のこの剣をやっても怒りはしないだろう。持っていくがいい、もう一人の我が息子よ」

「ありがとうございます!!」

　よっしゃ、もう聞いたからな。俺にメギストの剣をくれるとしっかりと聞いたからな、もう撤回はできないぞ。この剣はアダマンタイトで出来ていて、やたらと丈夫で買うとなると物凄い金額がかかるのである。

　その晩、俺はさっさとメギストの剣を含めて荷造りし、生まれ育ったガルネーレ家を夜逃げした。そして、すたこらと駅馬車で隣国のディレク王国を目指して逃げた。そりゃもう一刻でも早く故国のムーロ王国を離れようとした。

「停戦条約を結んでいた魔王を倒して、魔王の軍勢が黙ってるわけないじゃないか。どうして、皆それがわからないんだ。…………俺にはその考えが分からん」

案の定、半月かけて俺がディレク王国に逃げ込むと同時に、セメンテリオ魔国から魔物の軍勢がムーロ王国に攻め入ってきたそうだ。

ムーロ王国では勇者パルスを筆頭として、なかなか善戦しているらしい。まぁ、俺にはもう関係のないことだけどね。

ぎゃあああぁぁぁぁぁぁっぁぁぁぁあぁ!!

「はい、ほい、ほいっと」

ディレク王国に来た俺は相変わらずゴブリン退治なんかをしていた。時にはそれがオーク、オーガ、サイクロプス、ヒュドラなんかになることもあった。ああ？　討伐対象がおかしいだろうって？　だって俺の冒険者プレートはこうなっているからな。

名前　：レイ
レベル：122
年齢　：22

性別　：男
スキル：剣術、怪力、魔法剣、全魔法、毒無効、気絶無効、麻痺無効、石化無効、睡眠無効、即死耐性

俺は地道にコツコツと何かをやることが好きなのである。そしてレベルを地味に上げていったらこうなった。俺は死にたくはなかったので、あの毒無効という項目を見てから敵は我が家にいると知った。具体的に言えば弟だよ、勇者パルス君だよ。

レベルは戦えば必ず上がるんです、努力が形になるって素晴らしい。努力以外にもいろいろと画策したけどな。あの家宝のメギストの剣とか随分前からこっそり別の剣とすり替えて使いまくってた。そうしないと俺の怪力では普通の剣は折れるんだよ。

毒は何故か腹を壊すたびに耐性があがって、知ってのとおり毒無効になった。

騎士団の模擬戦で意識が飛びそうな攻撃を受けて、何度も無理やり起き上がってたら気絶は無効になった。

麻痺はやっぱりお腹を壊すたびに耐性がついていって麻痺無効になった。

石化無効はバシリスクやコカトリスと戦うたびに、石化した部分を魔法で回復していたからだ。

夜も寝る間を惜しんで魔物狩りや鍛錬していたら、睡眠無効になった。

即死耐性は俺だけに落ちてくる植木鉢を避けたり、街で襲ってくる暗殺者を撃退していたら、いつの間にか即死耐性がついていた。

両親を説得？　一応はしようとしたさ、一度もまともに聞いて貰えなかったけどな。弟のパルスの才能に二人して夢中だったよ。知ってるか？　俺って一人も許嫁がいないのに、弟には妾もふくめて五人も女がいるんだぜ。

「…………うちの両親、駄目だわ」

もういずれ俺は廃嫡されるのが明らかだったから、死に物狂いでレベルを上げて鍛えたよ。人間って死ぬ気になって、そしてそれが好きなことだと驚くほど集中できるもんだ。結果として俺はランク白金にも匹敵するほどの性能になった……と思う。

「いや、本当に俺がレベル上げが好きで良かった」

弱い魔物を倒してコツコツとレベルを上げていく楽しさ、偶《たま》にはちょっと強い魔物と戦ってレベルを大きく上げる喜び。あれは経験してみないとわからんね。それに一度夢中になると夜も碌に寝ないでレベル上げに勤しんだよ。

ギルドの方では倒した魔物の素材は売ってたけど、ギルドカードは見せないようにしていた。へたに高レベルなのが知れて、面倒なことには関わりたくないからな。だからこそ危険でも仲間を作らず、たった一人でレベルを上げていたんだから。

「今日もレベルを上げよう、今からは身に迫る死の恐怖からじゃない。ただの趣味としてレベルを上げていくんだ、んん？」

貴方の目の前にいきなり一人の獣人が倒れています、貴方はどうしますか？

ほっとく
介抱する
止《とど》めを刺す
倒れていたのは耳付き尻尾付きの狼少女でした、…………だから何だというのか。えーと、基本的にディレク王国では獣人への差別が禁止だったはずだ。これからしばらくディレク王国の民として過ごすわけだから、俺としては彼女を見捨てるわけにはいかないな。

とりあえず、助け起こして水筒から水を飲ませました。ごっきゅごっきゅと喉につまらせることもなく、豪快に水を飲んでくれました。白い髪に赤い瞳をした女の子です。ちなみに俺は黒に近い茶色の髪に同じ色の瞳だ、この子みたいな白い髪に赤い瞳なんて色彩は珍しい。

「なんだ人間、これくらいで恩にきたりしないからな」

どうも面倒くさそうな狼少女を拾ってしまったようです、でも顔にはいつもの無表情をはりつけておきました。表情筋を動かすのも結構大変なのです、必要な時以外には使いたくありません。

「俺はレイ、君は誰だい？」

「我はプリムローズだぞ、人間。我が名を聞いて感謝するがよい」

再度言おう、やはり面倒くさそうな狼少女を拾ってしまったようです。まぁ、拾ってしまったものはしかたがない、俺は持っていた干し肉をその子にあげた。ガジガジと勢いよく齧《かじ》ってくれたので、喉につまらせないように時々水を飲むように促した。

さてはて、これから一体どうしようか？

拾った女の子

狼少女を拾ってしまいました、痩せていてボロボロの服を着ていて機嫌は絶好調です。何が言いたいのか分からないと思うが、とりあえずこの白い髪に赤い瞳の女の子が何にでも興味深々だということはわかった。

ご飯皿でも眺めまわしてるし、俺なんかあちこち匂いを嗅がれたし、勘弁してください。

「人間、お腹がいっぱいだぞ。特別に褒めてつかわす」

「そりゃ、良かったね。ついでに体を綺麗にしておこうか」

近くにあった川の水で体を洗うようにシャボンをあげると、不思議そうにそれを見た後に舐めて嫌そうな顔をしていた。いや、それ食べ物じゃないから。

もう女の子だということに遠慮せずに、ゴシゴシとシャボンでその子と着ていた服を洗うことにした。最初は嫌がっていたが、レベル122の俺に敵うわけがない。『乾燥《ドライ》』の魔法をかけたら体も服も乾いたので、痩せてはいるがとても可愛い女の子になった。

「今日は都に帰ろうか」

「むう、逃がさないのだぞ。人間、覚悟しておけ」

どうもこのプリムローズさん、略してプリムさん。言葉は通じるが話が通じないタイプのようだ。

俺は都の門を通る時に彼女の分の仮の身分証を発行して貰った。ついでに彼女の身の上を相談してもみた。

「今日、西の森で拾った子なんですけど、ディレク王国には孤児院ってありますか？」

「なくはないが、孤児院はいつもいっぱいだぞ。そのお嬢ちゃんを入れてくれるところがあるかどうか」

俺と門兵さんがプリムを見ると、彼女は無表情で平然としていた。俺たちの言っていることが分かっているのか、分かっていないのか判断し辛い。

その日は俺の泊まっている宿屋で二人部屋に移動して、プリムと一緒に泊まることになった。明日になったら、レベル上げの前に孤児院をまわってみるつもりである。

「くくっ、油断したな。人間、覚悟するのだぞ」

「…………眠れないのか、…………よしよし一緒に眠ろうな」

「ち、違うのだぞ。人間、我がこれからお前を殺すのだぞ」

「…………ふぁーい、それはプリムには無理です」

俺は夜中に俺のナイフを持ってベッドに突撃してきたプリムを捕まえた。特に怒るようなこともなかったのでそのまま彼女を腕の中に確保して寝た。

暗殺者ごっことか、随分と物騒な遊びをする子だ。本物の暗殺者はもっと自然にごく普通の人間を装って近づいてくる。狼少女のプリムでは最初から無理な配役だな。

そう考えて俺は眠ってしまった。睡眠無効のスキルがあるとはいえもうここは敵がいる我が家ではないのだ。ならばぐっすりと睡眠をとって、翌日のレベル上げに備えなくてはならない。

「プリム、暗殺者ごっことか止めなさい。刃物を持ってたら危ないし、お友達が出来ない俺みたいな子になるぞ」

「我は諦めないのだ、人間。でも、方法を変えるのには賛成だ。人間」

俺はプリムに暗殺者ごっことか変な癖がついていることから、都の孤児院に入れることを諦めた。代わりに冒険者ギルドに連れて行った。もちろん身分証のプレートを作って貰う為だ。そこで俺は珍しく悲鳴を上げかけた。

名前　：プリムローズ
レベル：1
年齢　：15
性別　：女
スキル：毒無効

レベルが1!?　何度も見たが結果は変わらなかった。この狼少女、ひょっとしたら軽く投げた石が当たって死ぬかもしれない。

「レベル上げ、レベル上げにいこうプリム!!」

「よく分からない奴だな、人間」

レベル上げ大好きな俺にとって、レベル1なんてとても見逃せない。俺は比較的安全な東の森にいたゴブリンの四肢を砕いて、プリムに短剣で止めを刺すように言った。

「えいっ、やぁ、とうっ、はぁ、はぁ、はぁ、もう疲れたぞ。人間」

「まだ一匹目だぞ!?」

それからはなんとかプリムをなだめて同じことの繰り返しだった。俺がゴブリンを瀕死にする、プリムが短剣で止めを刺す。その甲斐あってレベルは一気に5まであがった。低い方がレベルは上がりやすいのでこのくらいは当然だ。

「美味しいぞ、人間」

「そりゃ、良かった。お代わりできるなら、いっぱい食べな」

プリムが瀕死のゴブリンと格闘している間に、俺はリスや鳥を数匹仕留めていた。それを肉団子にして入れたスープや鳥の丸焼きなどを作った。プリムは無表情のまま大急ぎで食べていた。

「誰もとらないから、喉がつまらないようにゆっくり食べな」

「…………毒入りか、いや人間も食べてるな」

一瞬、雷に打たれたかのように食事を遠ざけたプリムだったが、俺が平然と同じ物を食べているのを見てまたすぐにハグハグと食事を再開した。

なんだろう、この子。毒無効のスキルがあったことといい、もしかして俺と同じような身の上なのかもしれない。

獣人は人間よりもずっと早く独り立ちするという。数年くらいならこの子を育ててもいいかなと俺は思いはじめていた。

「うぅ、人間」

「なんだ!?」

突然、プリムがお腹を押さえて蹲《うずくま》った。俺は何かあったのかと思って、彼女を慌てて助け起こした。

「腹が、腹が苦しい。…………やはり、毒入りか」

「そりゃ、ただの食い過ぎだよ」

俺はもう随分と使っていなかった表情筋が動くのが分かった。あははっと笑う俺をみてプリムは不満そうに眉間に皺をよせていた。

なにはともあれ、まずはこの子のレベルを上げるとしよう。

人間ではなくて

「よし、止めを刺せ。プリム!!」

「わかったぞ、人……レイ!!」

プリムのレベルもようやく10を超えてゴブリンくらいなら楽に止めを刺せるようになった。彼女とは別にして、俺のレベル上げも順調に行っている。

「プリム、絶対に顔を出すなよ!!」

「分かった、人……レイ!!」

現在、俺はプリムを背負ってオーガと戦っている。オーガは魔法も使う恐ろしい人食い鬼だ。

ぐらあああああああああああああああ!!

「そんなものくらうか、とう!!」

オーガが咆哮とともに氷撃の魔法を吐きだしたが、俺は火炎の魔法で全部叩き落とした。そのまま勢いにまかせてオーガの首を一刀両断してやる。やっぱりアダマンタイトの剣は固くて使いやすい。

レベルが100を超えたころから、どんなに丈夫な鉄の剣を持ってもポキポキ折りまくっていたからな。家宝のこの剣をこっそり持ち出すまで、剣代がかかって大変だった。

ぐらああああああああああああああ!!

「おりゃあ!! はああ!!」

「凄いぞ、人……レイ!!」

俺はオーガの群れを片っ端から斬ってまわった、たまたま巣穴を見つけたのだ。ここにいたオーガたちは運が悪かったとしか言いようがない。オーガたちを全滅させてから、慎重に『光《ライト》』の灯りとともに洞窟に入っていく。

「プリム、ちょっと目をつぶっていてくれ」

「分かったぞ、人……レイ」

数名の裸で腹を内側から破られた女性がそこで亡くなっていた。なかにはプリムくらいの年齢の子もいる。これだからゴブリンやオーク、オーガは嫌いだ。どうして同族同士で繁殖しないのか、人型の女性を攫《さら》って繁殖する習性を苦々しく思う。

洞窟を出てから、血生臭いが、はぁ〜と息をはいた。プリムを背から下ろし『無限空間収納《インフィニットスペースストレージ》』にオーガの内臓だけを抜いて、残りの体をひょいひょいっとしまっていく。後で都のギルドに売りつけるのだ、オーガの皮はいい革細工になるから金になる。

『無限空間収納《インフィニットスペースストレージ》』は上級魔法の一種だ。これを習得しておくと凄く便利で、この空間に入れて

ぴょん

いる間は物は腐らないし、かなり多くの物が収納できる。

「それじゃ、川までいって昼飯を食べよう。プリム」

「うむ、大義である。そのようにするがよいぞ、人……レイ」

最近、プリムは俺を人間と呼ばないようになった。言い間違えることはあるがようやく名前を憶えてくれたようだ。暗殺者ごっこもしなくなった。

「今日は主菜は魚にしような、それと肉の入った野菜のスープだ」

「好きにするがよい」

うんうんと頷いてプリムは俺が料理する様子をじぃっと見ている。もう少し大きくなったら料理をさせてみてもいいかもしれない。

「美味いかー？」

「もぐっ、むぐっ、美味い!!」

最初のうちは食べ過ぎで動けなくなったりしたプリムだったが、毎日しっかりとした食事が出ることで食べ過ぎるような悪い癖はなくなった。

好き嫌いもないようで何を出しても美味い、美味いとよく食べる。作る方としては嬉しい限りである、おかげで表情筋がゆるみっぱなしだ。

「午後からはまたレベル上げにいこうな」

「うむ、我は強くなる。レイよりもずっと強くなる」

戦闘でもプリムは最近、積極的になってきている。以前のような諦めきったような無表情でもなくなった。良いことがあれば目が輝いているし、嫌なことがあれば狼の耳と尻尾がだらんと下に垂れている。

「とおぉぉ!!」

ぐぎゃあぁあぁ!?

おお、とうとうプリムが一人で一匹のゴブリンを仕留めてみせた。新しく買った片手剣を振って嬉しそうに笑っている。冒険者のプレートを見たら、こうなっていた。

名前　:プリムローズ
レベル:11
年齢　:15
性別　:女
スキル:剣術、毒無効、水魔法

うん、レベルも順調に上がっているし、剣術や水魔法のスキルが新しくついている。プリムの頭を遠慮なく撫でてほめておいた。

「プリムは凄いなぁ、良い子だなぁ」

「そうだ、我は凄くて良い子なのだ。レイ!!」

プリムも頭を撫でられたら俺の足に抱きついて喜びを示した。お互いに笑顔でじゃれあっていたら邪魔者がわらわらと出てきた。

ぎゃあああおああおお!!

ぎゃしゃああああああ!!

ぎゃぎゃぎゃぎゃぎゃああ!?

「プリム、俺から離れないようにして目の前の敵に集中しろ!!」

「分かったぞ、レイ!!」

俺はプリムが狙っているゴブリンを除いて、他のゴブリンを次々と切り裂いていった。魔法を使うものもいたから、同じ魔法で迎撃して更に止めも刺しておいた。

「とう!!　ふうっ!!　切り裂け!!」

プリムは片手剣を使うだけじゃなく、水魔法で水の刃を生み出してゴブリンを狩っていた。体力的な問題はあるが、ゴブリン数匹程度なら任せても大丈夫なようだ。

そうして今日もレベル上げが終わった。宿屋の井戸でお互いに水浴びをする。最初に体を洗ってやったことから、プリムは俺と水浴びをしても別に嫌がらなかった。

それに暗殺者ごっこは止めたが、夜にベッドに潜り込んでくるのは止めなかった。俺も抱き心地のいい枕がいてくれて、とても快適に眠れている。

「おやすみ、プリム」

「うむ、眠るがいい。むにゃ、レイ」

成長期

「レイ、早く、早く、ゴブリンを退治しよう」

「わかった、わかった、置いていくな」

あれからまたプリムのレベルは上がって、それから光魔法を覚えた。森を通る時に枝などでかすり傷を負うのを魔法で治していたらしい。冒険者プレートではこうなっている。とにかく成長が速い。もしかしたら、俺はそのうち追いつかれるかもしれない。

名前　：プリムローズ
レベル：25
年齢　：15
性別　：女
スキル：剣術、毒無効、水魔法、光魔法

「獣人は成長が速いんだったな」

「そうだ、我はもっと速く、もっと強くなるぞ」

その言葉どおりプリムは身体的にも成長していた。俺の腰ほどまでしか無かった身長がいままでは俺の胸くらいまでに伸びている。俺も男の中で背が低いほうじゃないから、これは驚異的な成長だ。

ぎゃあぁぁぁあぁぁぁぁぁぁあぁぁぁ!!

「ふっ、はぁ、え？　ううぅ、とおお!!」

もうゴブリンの群れでもプリム一人でほとんど倒せるようになっていた。時折油断しているところを魔法で俺が手伝ったりする程度だ。

「今日は完璧だと思ったのだがな、レイ。すまんな」

「いやいや、すごい成長だよ。俺もレベル上げに励みますかね」

俺がレベルを上げる時はプリムは隠れて見ているようになった。さすがに背負って戦うには成長しすぎたのだ。

「よっと、ふぅ、そこだぁ!!」

今日、俺が戦っているのはコカトリスという石化能力を持つ鳥形の魔物だ。石化の効果がある視線を避けながら近づき、横からその首を叩き斬った。

「っと、まだまだぁ!!」

実はコカトリスの群れと遭遇したので丁度いいとレベル上げの相手になって貰った。石化の視線だけは面倒だが、あとは体当たり攻撃を回避できればそう怖い相手じゃない。

俺は既に石化無効を持っているが、慢心してはいかんので石化攻撃がくるつもりで余裕を持って攻撃を躱《かわ》している。

しばらくすれば数十羽のコカトリスが首をはねられて地面にころがっていた。俺は久しぶりに冒険者プレートを見てみる。

名前　：レイ
レベル：123
年齢　：22
性別　：男
スキル：剣術、怪力、魔法剣、全魔法、毒無効、気絶無効、麻痺無効、石化無効、睡眠無効、即死耐性、魔王の祝福

よっし、レベルが一つ上がっていた。ここまで高レベルになると、レベルを一つ上げるのにも一苦労だ。

ん？　一つとった覚えのないスキルがある。魔王の祝福ってなんだ。魔物を倒しまくったからこんなスキルを覚えたのか。ますます俺のプレートは他の人間には見せられない物になったな。

「レイ、治して」

「プリム、わざと腕を石化させたのか」

プレートを見ていたらいつの間にかプリムが傍に来ていて、石化した両腕を差し出していた。俺は石化が解けるように想像しながらプリムに魔力を流していく。さほど時間はかからずにプリムの両手はいつもの手に戻った。

プリムのプレートには新しく石化耐性がついていた。またコカトリスかバシリスクを見つけた時には同じようにして石化無効にまでスキルを育てるのも悪くない。

「レイ、食事の用意をせよ」

「はい、はい、かしこまりました」

今日のメニューは鹿肉のステーキに、乾燥豆のスープだ。プリムは肉が大好きだから、鹿肉のステーキを何枚もお代わりしていた。

成長期なんだ、思いっきり食べると良い。最初に会った時はガリガリだったプリムだが、ようやく年相応の女性らしい姿になってきたところだ。

「あっさりしてるけど、美味いな」

「美味しい、何枚でも食べれてしまう」

レベル上げ、昼食、またレベル上げ、これが最近の俺たちの日常だ。ようやく命が狙われているような状況から解放されたのだ、他にもやることがあっていいのではないだろうか。

「プリム、今日はどこか遊びにいってみるか?」

「西の森のオークたちを倒しに行ってみたい」

おう、レベル上げ中毒患者は俺だけではなかったようだ。プリムもレベル上げの魅力にすっかりハマっているようだった。

だから昼食の後、少し休んだら俺たちはオーク狩りに出かけた。ゴブリンと違ってぶ厚い脂肪にプリムは苦戦しているようだった。俺は彼女の邪魔にならないように適度にオークを狩りながらその様子を見守っていた。

「はあああああ!!」

見事にプリムの剣がオークの首を切り飛ばした。彼女は続けて別のオークに狙いをつける。結局二人で数十匹のオークを倒したようだ。魔物の繁殖力は強い。こんなに毎日オークを狩っているのに一向にいなくなったりはしない。

「もう少し平和な世の中ならいいんだけどな、プリム」

「うむ、我は食事が美味い平和な世界が好きだ。レイ」

「ああ、そりゃ俺も好きだわ。そういう世界」

「そうか、それは良いことだ」

俺の故国、ムーロ王国はセメンテリオ魔国に追い詰められていると噂に聞く。本当にご飯が美味くて平和な世の中だったら良かったのになぁ。

追ってくる影

「プリム、旅をしないか。どうも隣国のムーロ王国が戦争に負けそうなんだ、それに巻き込まれないようにもっと遠くの国へ行かないかい？」

「うむ、よきにはからえ。我も遠くへ行くのは賛成じゃ」

ムーロ王国とセメンテリオ魔国が戦い始めて三カ月ほどが経っていた。どうやらムーロ王国側の敗色が濃厚だ。その場合、戦争の原因として俺の弟のパルスが皆に吊し上げられるのは間違いない。両親だってただでは済まないだろう、俺は今のうちに逃げたい。

「これとこれ、それからこれをくれ」

「我はこっちの物が欲しいぞ」

プリムが干した果物の砂糖漬けを欲しがったのでそれも二瓶ほど買った。買ったものはすぐ使うものは肩掛け鞄に、それ以外のものは『無限空間収納《インフィニットスペースストレージ》』に収納してある。

いやー、この魔法凄く便利。十五歳くらいまでは初級の魔法しか使えなかった俺だけど、今じゃ上級魔法もいくつかは使えるようになった。

「目的地はスティグマタ国だ、ここはスキルについていろんな研究をしている国らしい」

「我はレイの美味しいご飯があって、平和なところならどこでもいいぞ」

プリムはすっかり俺になついていた。なつきすぎてブラッシングをしてやるとそのまま寝落ちするくらいだった。またここ一カ月の総仕上げでレベルが上がって、石化無効のスキルも手に入れていた。

名前　：プリムローズ
レベル：36
年齢　：15
性別　：女
スキル：剣術、水魔法、光魔法、毒無効、石化無効

レベルが低いほうが成長しやすいものだが、このレベルの上がり方は異常だ。そういうところをみると、プリムに付いている耳や尻尾がただの飾りじゃないとわかる。魔物は人間よりも成長が速いそうだ、あと子どものほうが成長が速いのは人間も一緒だね。

「それじゃ、行くぞー!!」

「うむ、そうしよう」

と気合をいれて声を上げたところで移動は駅馬車での移動になる。その方が歩くより楽で速いからね。

馬車に乗っている間にお尻が痛くならないようにローブを敷いて座る。馬車が移動している間は暇だからプリムに復習を兼ねながら新しい魔法を教えたりしていた。

「魔法には六属性があると言われている。火属性、水属性、風属性、土属性、光属性、闇属性。これらは色で分けられることもある。赤、青、緑、茶、白、黒だな。学ぼうと思えばいくらでも学べるけど、人によって得意な属性というものがある」

「得意な属性?」

「例えばプリムの得意な魔法は水属性と光属性だ、まだこの二つしか魔法を覚えていないからきっとこれが得意な属性なんだろう。俺が得意なのは火属性と風属性だ、もちろんそれ以外の属性の魔法も使えるが消費する魔力の量は格段に多くなる」

「なるほど、我もまだまだ未熟だの」

「あとこれは本にも冒険者プレートにも載っていないけど、どうも無属性の魔法っていうものが存在するみたいだ。『無限空間収納《インフィニットスペースストレージ》』もその一つだよ。これであと『瞬間移動《テレポーテーション》』ができたらもっと便利になると思うけど、俺でもこれはまだ難しい」

「大丈夫、レイならできる。我がきっとそう信じている」

ああ、最初は人間、人間って種族名でしか俺を呼ばなかったプリムが、今ではこんなに信頼をよせてくれるようになって嬉しい。

俺って家と学校それから騎士団でも独りぼっちだったからな。どうも表情筋がお仕事をしないんだよね。面白いと思っても当時は笑うということができなかった。生き延びるだけで必死だった頃だ。死にたくなくてレベル上げを毎日やってた。

プリムに会ってから俺もようやく人並みに笑ったり、怒ったりできるようになった。子どもの無邪気な姿っていうのは凄いね、ついついつられて笑顔になれる。

「そういえば、プリムは親のことか覚えてないのか？」

「そうか、まぁ、今は俺が親代わりのようなものだな」

「……我は存ぜぬ」

「…………………レイは違う」

「そ、それじゃ友達!!　俺たちは友達な!!」

「友達……そうじゃな、友達から始まることもあるな」

よく分からないが俺とプリムは友達ということになった。そしてディレク王国の国境近くで休憩になって俺はちょっとおでかけをしてきた。

「プリム。俺ちょっと出かけてくるから、起きて見張っていてくれ」

「うむ、わかった」

それから小一時間くらい俺は気配を消して魔物を狩り続けた。ようやく魔物の気配がなくなって首を傾げた。普通の魔物じゃない。ディレク王国からずっとつけられていたのだが、その相手はただの魔物じゃなくて魔族だった。

これってプリム絡みなのかそれとも俺か、もう全滅させてやったからいいけどさ。俺は剣の血糊をそいつらの服で拭って、プリムが待っている野営地に戻った。

「ただいま、プリム。ほれっ、おみやげのキイチゴだ」

「大義である、レイ!!」

プリムは俺が帰りがけに見つけたキイチゴをうまうまと頬張っていた。そして俺の冒険者プレートはこうなった。

名前　：レイ
レベル：126
年齢　：22
性別　：男
スキル：剣術、怪力、魔法剣、全魔法、毒無効、気絶無効、麻痺無効、石化無効、睡眠無効、

即死無効、魔王の祝福

いきなりレベルが三つも上がっている、あの俺たちをつけてきた魔族たちはそこそこに強い者だったらしい。明日からちょっと遠回りして動こう、また別の魔族につけられないようにしよう。

あっ、即死が無効になっている。知らなかったけど即死攻撃をする敵がいたんだな。

差別と偏見

「こらっ、プリム。外で軽々しく服を脱ごうとしない、そうしていいのは安全な場所で水浴びする時だけです」

「我はフードがうっとおしかっただけである、レイ」

「あー、次の街では特別に風呂付きの宿屋に泊まるからそれまで我慢しなさい。ほらっ、フードをしっかりと被りなさい」

「うむ、仕方ない」

現在、俺たちはディレク王国を出てドクトリーナ王国に入っている。どうもこの国に入ってからプリムに対する周囲の態度がおかしい、駅馬車の御者からは忠告を受けた。

「ドクトリーナ王国では奴隷制度が認められてますし、あの獣人の女の子は綺麗だから狙われますぜ」

「そうなのか、それは気をつけておこう」

だから、プリムにもそのことを説明して狼の耳と尻尾はフードの中に隠して貰った。それでも同乗している男性陣からプリムに嫌な視線を向けられている。この点ディレク王国は良かった。獣人差別もなかったし、プリムも普通の女の子のように扱われていた。

俺の故国のムーロ王国はその点が駄目だった、人間以外のあらゆる種族と争い事が絶えなかった。

……なにせ停戦条約を結んでいた魔王を倒してしまうくらいの国だからね。

そして、ようやく駅馬車が今晩泊まる宿屋に着いた。それなのに新たな問題が浮上した。

「その女性はお客様の奴隷でしょうか。えっ、違う？　それでは、奴隷以外の獣人の宿泊は禁止とされておりますのでお引き取りください」

「うっわ、そうですか。失礼しました」

「チッ、無礼者め」

うーん、うーんと散々悩んでから考えた結果。俺はプリムに相談することにした。

「プリム、この国では獣人に対して扱いが冷たい。この国にいる間だけプリムを俺の奴隷だということにしたい」

「…………………構わんぞ」

俺たちは早速、露天商で首輪に見えるようなチョーカーを購入した。そこに奴隷の証としてプリムの名と主人である俺の名を彫って貰った。そのチョーカーをつけたらどうにか別の宿屋が見つかった。二人で風呂に入りながら、のんびりと会話をする。

「はぁ、疲れる国だな。ここは」

「我が奴隷だとは無礼な話だ」

「そうだな、でも逆に俺が奴隷になる国もあるかもしれないぞ」

「魔国の話かや？」

「そうそう、魔国ごとに魔王がいて、いろんな法律があるんだろうからな」

「うむ、その時は我が理想の主人を演じてみせよう」

「それならもっとレベルを上げなきゃな」

「おお、レベル上げが早くしたいぞ」

このドクトリーナ王国を出ていったら、次の国ではじっくりとレベル上げをするつもりだ。そう、俺を裏切ることはない努力、倒せるようになった新しい敵。レベル上げには人生の喜びが詰まっている。

お風呂に入ってのんびりした後、俺とプリムはいつものように一緒のベッドで寝た。というかベッドが一つしか無かった。この国の獣人嫌いは深刻らしい。

翌日も駅馬車に揺られていつも通りに出発した。いつもと違ったのは山中で盗賊に襲われたことだ。

「獣人は全員解放しろ、人間は皆殺せ」

そう言って道を塞いでいるのは虎の獣人だった。既に変身していて迫力がある。他にも獅子や豹など様々な獣人がそこにはひしめいていた。

「プリム、俺が出るから魔法で援護してくれ」

「うむ、無茶はせんことだ」

俺は駅馬車からおりると獣人たちの間に突っ込んだ。素早い動きでまずは一人目を仕留める。相手が俺の身体能力に驚いているうちに二人目、三人目と数を増やしていく。

「我の魔法を受けてみや」

プリムは魔法で時々俺を援護したり、崖の上から見張っている者たちを倒したりしていた。

「たかが、人間風情が!?」

「殺し合いに人間も、獣人も関係ないでしょう」

そう言って俺はリーダーらしき虎の獣人の心臓を突き刺した。あっけなく倒れる彼からすぐに剣を抜いて残党をさっさと片付けていった。

「ただいま、プリム。いい魔法だったぞ、助かった」

「うむ、我が魔法が見れて光栄に思うがよい」

駅馬車の中ではプリムに対する男たちの視線が変化していた。下卑たいやらしいものから恐怖という恐れを含んだものになっていた。

「どうして、あの虎さんを殺したのよ!!　せっかく自由になれたのに!!」

プリムと同じで首輪をつけた、兎の獣人がそう泣き喚いた。彼女の主人らしき男に首輪を引っ張られていたが、それでも狂ったように喚き散らした。

「俺たちは自分の身を守っただけだ、俺はまだ死にたくない」

「我もそうだぞ、最初に人間を皆殺しにすると言ったあやつが悪い」

兎の獣人は俺たちの返事を聞いてもただ泣くばかりだった。これは運が悪かったとしか言いようがない。盗賊の要求が獣人たちの解放だけだったら俺もプリムも手を出さなかったかもしれない。

ちなみに獣人を十数人片付けたことで、また俺たちのレベルが上がっていた。魔物を狩るよりもある程度の強さをもった人、魔族を相手にした方がレベルが上がるのかもしれない。それとも謎のスキル、魔王の祝福の影響だろうか。

名前　：レイ
レベル：129
年齢　：22
性別　：男
スキル：剣術、怪力、魔法剣、全魔法、毒無効、気絶無効、麻痺無効、石化無効、睡眠無効、
即死無効、魔王の祝福

名前　：プリムローズ
レベル：39
年齢　：15
性別　：女
スキル：剣術、水魔法、光魔法、毒無効、石化無効

スライムは便利

ぷよぷよ、ぽよぽよと青くて透き通った体が森のなかをゆっくり進んでいる。駅馬車から降りて、森の中で狩りをしていた俺たちはその姿を見てひとまず狩りを止めた。

　野良スライムである、珍しい。

「プリム、オーガとかの皮を魔法で剝ぐから手伝ってくれ」

「うむ、皮など剝いでどうする。美味いのか？」

「皮を売ったお金で美味い物が食べれる」

「よしやろう、我に任せるがよい」

　俺は『無限空間収納《インフィニットスペースストレージ》』から以前に仕留めたオーガを取り出して次々と皮を剝いでいった。剝いだ皮はプリムが丁寧に畳んで積み上げておく、残った体はスライムに投げて食べさせた。

「うわ、疲れた。プリム、やり方は見てただろ。交代してくれ」

「うむ、美味い飯の為になら仕方ないな」

　レベル上げの為にオーガを相当狩っているので数が多い。皮を魔法で剝ぐだけでも大変だった。

途中でプリムに代わって貰った。獣人だけあってプリムの魔力総量は結構多いほうだ。百に近いオーガの皮を剝いで、その残りの体は全部スライムに食べさせた。

「羽毛を吸い込むと体に悪いから、口と鼻を布で覆うんだ」

「これでよいか？」

「そうそう」

「では、いざ勝負!!」

「おお、勝負か」

「うむ、勝負なのだ」

続いてコカトリスも皮ごと羽毛を剝いでしまう、羽毛をすいこまないように適当な布地をプリムと自分自身の口と鼻に巻き付ける。二人して競争するように皮ごと羽毛を剝いでいった。オーガよりは数が少なく、二人でやった為にそんなに時間はかからなかった。鳥肉状態になった本体は食糧として、『無限空間収納《インフィニットスペースストレージ》』に再度しまっておく。

そうして剝いだ皮と羽毛をスライムに食わせる。心なしかスライムも満足そうにしている、だが俺は遠慮なく火の魔法をスライムに叩き込んだ。

きゅいいいいいいいいいいいいいいい!!

水が蒸発するみたいな音がしてスライムの体が縮んでいく。そして最後に核となる魔石を残してスライムは消えてしまった。

「……レイ、今のは我でも酷いと思う」

「そうか？　でもスライムって危ないんだよ」

場所を剝ぎ取りした場所から、川がながれるところへ移して二人で水浴びをする。布を巻いてはいたが、やはり僅かに羽毛をすいこんでいたようだ。二人で魔法で水を作り出してうがいをする、川の水は煮沸しない限り飲むには適さない。

「スライムが危ないとは？」

「ああ、アイツは生き物でも死体でも何でも食べるからどんどん大きくなるんだ。そして分裂を繰り返す、森の中なんかにあんなに大きいスライムがいるとそこの森は食べれる動物がいなくなってしまうんだ」

「うむ、ぽよぽよしていて可愛らしいが、結構危険な生物なのだな」

「都なんかだと汚水や汚物の廃棄に利用されてるぞ、そうやって育てて大きくなり過ぎたら始末する」

俺は綺麗になったプリムの体を拭いてやりながら、スライムの怖さについて話して聞かせた。プリムもようやくあのぽよぽよした生き物が危険なのだと理解したようだ。

「それはともかく今日はコカトリスの肉を食おう」

「うむ、食べるぞ」

コカトリスは石化する視線の能力を除けばでかい鳥である。俺は適当な大きさに切った肉をスープに入れて更に香草と野菜を入れる。また串にさしてそのまま食えるように焼き鳥も作った。塩胡椒だけでも充分に美味しい。

「もう食べていいぞ、プリム」

「うむ、遠慮なくいただこう」

コカトリスの肉は鳥肉だが魔物の肉だ、ほどよい弾力があり、焼いて食べると美味い。逆に煮込むとぷるぷると柔らかくなって、こちらの食感もまた美味しい。

「はむむっ!! 我は今度はコカトリスと戦うぞ」

「そうだな、今ある肉が無くなったらそうしようか」

プリムは上機嫌でどんどん肉とスープを平らげていく、俺も負けずに食べていく。冒険者は体が資本だ。食べ終わったら二人して、地面に座り込んだ。

「コカトリスがこんなに美味いとは思わなんだ」

「魔物の肉って結構くせになるやつがいるんだよね」

さて、日も暮れてきてしまったから今夜はこの森で寝ることにする。買っておいた一人分のテントにプリムを入れて休ませた。睡眠無効の俺は一日くらいなら寝なくても、問題はない。

「おやすみじゃ、レイ」

「ああ、おやすみ。プリム」

翌朝はまたコカトリスの串焼きとスープだった。やっぱり美味い。コカトリスの肉は売却せずにとっておくことにしよう、プリムも上機嫌だ。

それから少し歩いてドクトリーナ王国の都に入った。獣人差別の厳しいこの国ではプリムはフードを被って行動している。昼間から彼女と宿をとったら、意味深に笑われた。どうも嫌な国だ、国を抜けるまでにあと半分。昼からまた駅馬車に乗って、とっととこの国を抜けてしまおう。

「それじゃ、プリム。俺は休憩するから、昼になったら起こしてくれ」

「うむ、腹が空いたら昼じゃな。任せろ、絶対に起こしてやろう」

昨日の晩に眠れなかった分、俺はすぐに眠りこんだ。プリムは魔法の練習をしているようだった。

昼になったのでプリムに起こされて宿を出る。近くにあった軽食屋で肉と野菜をもちもちのパンで挟んだものを食べた。すると近づいてくる者がいた。

「そちらのお嬢さんは旦那さまの奴隷でしょう、私のご主人さまがどうか売って貰いたいそうです。金貨五十枚でいかがでしょうか?」

ああ、ふざけんなよとプリムと二人でソイツを睨みつけた。

奴隷商人

「プリムはいくら金を積まれても売らない、さっさとどっかに行ってくれ」

「まぁ、そう言わずに金貨百枚ならどうでしょう？」

「うるさいな、黙れ」

「奴隷商人のカンビオ様、直々の取り引きでございますよ。カンビオ様のことはご存知でしょう」

「そんな奴は知らん」

「またまた、ご冗談を」

いくら言ってもまとわりついてくる奴隷商人を無視して、俺たちは駅馬車に乗り出発した。後ろからやたらと豪華な馬車がついてくるが、一体なんのつもりなんだか。

そして、人気のない山道にさしかかった途端、カンビオとかいう奴隷商人は護衛に命令を出した。

「あの馬車に乗っている全員を奴隷にしてしまえ!!」

「ははっ、承りました」

いきなり後ろから火の魔法が降ってきたので、水の魔法で相殺してやった。駅馬車の御者も必死に馬を走らせている、同乗している者たちはガタガタと震えていた。

「レイ!!　まだ追ってくるぞ」

「なんだあの奴隷商人はそんなに怖い奴なのか?」

「王族とも繋がっているんだ、あいつに目をつけられたら終わりさ」

「ああ、どうしてこんなことに」

「あんたら今からでもいい、この馬車を降りてくれ」

俺は爆走する馬車をとりあえずゆっくり止めさせた。そしてカンビオとかいう奴の馬車に近寄ると剣で馬車を破壊した。

「な、なんと!?　私を誰だとおもっている!!」

「見たところ、太り過ぎた豚だな」

「レイ、我が思うに食べられないからあれは豚以下じゃぞ」

「殺せ、その少女以外は皆殺してしまえ!!」

「プリムは俺から離れ過ぎずに援護よろしく!!」

「レイこそ、我から離れずに油断するなよ!!」

それから、カンピオとかいう奴との護衛と戦った。意外と護衛は強かった、もっともレベルが129の俺の敵ではなかったんだけどね。

向こうが殺す気できていたから、こっちも遠慮なくとどめをさしていった。カンビオとかいう奴も風の刃でその首を飛ばしておいた。その後は馬車ごと崖下に落として証拠隠滅だ。駅馬車の奴らはとっくの昔にもう逃げていた。

「レイ、ここから歩くのか」

「いや、馬がいるから乗せて貰うとしよう」

六頭いた馬は一頭をのぞいて馬具をはずし自由にしてやった。残りの一頭にプリムと一緒に乗る。

「最初は座ってると尻が痛いかもしれんが、これも慣れだ」

「うむ、我が馬に乗ったことがなかったから、それくらいではくじけんぞ」

プリムは馬に乗ることができて嬉しそうだった。俺も久しぶりに馬に乗る。これでも元騎士様だからな、馬くらいには乗れるんだ。

馬のペースにあわせてやや駆け足くらいで街道を進んでいった、次に泊まった宿屋では馬にたっぷりの水と餌を与えた。

あのカンビオとかいう奴が死んだという噂は流れてなかった、俺たちがこの国を出るくらいまでは恐らく大丈夫だろう。

「レイ、馬は可愛いが尻と太ももが痛いのう」

「誰でも最初はそうなる、皮が剝けないようにこの薬を塗っておけ」

プリムは馬での移動は気に入ったようだが、乗馬は初めてだから当然上手くなかった。おかげで余計なところに力が入って、太ももを痛がっていたから揉んでおいた。

痛い、痛いと言ってはいたがそのうちに眠ったようだ。俺もプリムを抱き寄せて剣が手の届く位置にあることを確認してから眠りについた。

「今日こそは我はお前を乗りこなしてみせるぞ」

「おお、頑張れよ」

次の日からずっと馬での移動となった。プリムは最初の頃は辛そうだったがそのうちに一人でも乗れるようになった。そして、とうとうドクトリーナ王国との国境が見えてきた。

「奴隷はこの国から外に出せない!?」

「はい、逃亡奴隷を防ぐ為に奴隷は国境を越えることはできません」

またこの国の悪いところが露見した、仕方がないので馬を諦めてこっそりと国境を越えることにした。

「うむ、世話になった。達者でおれよ」

「元気でな」

世話になった馬との別れを済ませ、俺はプリムを背負って国境沿いの森のなかを走っていた。二人ともローブを深くかぶっていたから、万が一誰かに見られても正体がバレることはないだろう。

「プリム、飛ぶぞ」

「うむ、分かった」

風の魔法の力を借りて大きな崖を飛び越えた。これでドクトリーナ王国ともおさらばだ。二度と来たいとは思わない、いろいろと酷い国だった。

駅馬車に乗っていて運動不足だった分を取り返そうと、俺はそのまま街が見えるまでプリムを背負って走り通した。

そして、門兵に獣人であるプリムを見られたが特に驚きもないようだった。ただ、奴隷のチョーカーをつけたままだったからかもしれない、街の露天商から買い物がてら情報を集めた。

「よぉ、こんちは。この国に来るのは初めてなんだが、奴隷制度はあるのかい。獣人なんかも住んでいるのかな。ああ、そこのキャベツと玉ねぎを袋でくれ」

「このフォルクス王国じゃ奴隷制度はあるけど、普通の獣人も住んでいるよ。まいどあり、良いキャベツと玉ねぎだろ、芋もおまけにいくつか入れといてやるよ」

こうしてようやくプリムは奴隷のチョーカーを外すことができた。捨てていいと言っておいたのだが、また使うかもしれないと『無限空間収納《インフィニットスペースストレージ》』の中で今もそれは眠っている。

「レイ、ここはどんな国だろうな」

「そうだな、少なくともドクトリーナ王国よりはマシだろう」

新しい国に来て、俺たちは二人とも期待に胸をふくらませていた。

お買い物

「レイ、これは何だ?」

「体の大きさを測ってるんだ、動くな」

「そうだぜ、嬢ちゃん。じっとしててくんな」

　プリムをつれて俺たちはフォルクス王国の防具屋に来ていた。今までは俺が作ったオーガ革のありあわせの防具だったが、これを機会にもっと良い物を作って貰うのだ。

　プリムは防具屋のドワーフに触れられるのが苦手なのか、もぞもぞと動いては居心地が悪そうにしていた。

「こそばゆくて仕方がなかったぞ、レイ」

「我慢しろ、防具は体にあった物の方がいい」

「嬢ちゃんは変身するだろうから、その時には簡単に外れるやつがいいだろうな」

　俺は防具屋の親父が言ったことに首を傾げた。そうか獣人って基本的に変身するもんな。見たことはないが、きっとプリムも変身するんだろう。

「それじゃ、その方式の防具で材料はサイクロプスの皮があるから使ってくれ」

「ひゅー、贅沢だな。だが、嬢ちゃんはまだまだ大きくなるぞ」

「それも考えて、ある程度は調節できる物を作ってくれ」

「よっしゃ、三日ほど待ってな。良い物作ってやるよ」

代金として金貨五枚を支払う、これだけあれば一カ月は宿にも食事にも困らないくらいの額だ。

「レイ、少し金を使い過ぎではないかや？」

「いいんだよ、防具は大事なものだからな。以前から考えてたんだ、しっかりとした物が作りたいってな」

俺がそう言うとプリムは頭をぐいぐい俺の背中に押し付けてきた。プリムなりの愛情表現らしい。

その頭を撫でてやって、次は武器屋に向かった。

「武器の手入れをお願いしたい、俺とこの子の分だ」

「おうよ、こりゃアダマンタイトの剣か。うーん、丁寧に手入れしてあるから、今のところは心配ねぇな。もう一つは普通の鉄剣だな。ちと傷が激しいから買い直した方がいいぜ」

「予算は金貨五枚程度で」

「そんじゃ、このあたりだな」

「プリム、好きな剣を選ぶんだ。握って振ってみてしっくりくるやつがいいぞ」

武器屋は何本かの剣を出してきた。プリムは全ての剣を振ってみてその中から一本の剣を選んでいた。また背中にぐいぐい頭を押し付けてきた、可愛いので多少痛かったが許した。

「それじゃ、防具ができるまでは無理せずにゴブリン狩りにでも行くか。冒険者ギルドにも顔を出しておかないとな、オーガの皮とか売却しないと」

「うむ、ゴブリン狩りじゃな。腕が鳴るの」

今度は冒険者ギルドに顔を出した。まずはオーガの皮や魔石など貯めこんでいた素材で売ってもいいものを売却する。

「ギルドカードを出してください」

「カードはなし……いや、プリム。ギルドカードを出してくれ」

俺はいつもレベルが高過ぎておかしいと思われるのを避けていた。今回もそうだ、だからプリムのカードで取り引きをした。

「レ、レベル40!? むぐっ」

「おいっ、守秘義務の規則違反だぞ」

「なんだ我のカードがどうかしたか?」

俺は慌ててギルド職員の口を手で塞いだ。こういう迂闊《うかつ》な奴がいるからギルドカードが使えないんだ。プリムはこの前、不愉快な奴隷商人の護衛を何人か倒した。だから、ギルドカードはこういうふうになっている。

名前　：プリムローズ
レベル：40
年齢　：15
性別　：女
スキル：剣術、水魔法、光魔法、風魔法、火魔法、土魔法、毒無効、石化無効

ちなみに俺はこうだ。

名前　：レイ
レベル：143
年齢　：22
性別　：男
スキル：剣術、怪力、魔法剣、全魔法、毒無効、気絶無効、麻痺無効、石化無効、睡眠無効、即死無効、魔王の祝福、神々の祝福

レベルが上がっているのはいいのだが、神々の祝福というまた謎のスキルがついていた。そのせいか妙にレベルの上がりが良い。俺のギルドカードは絶対に見せられない。せっかく冒険者をやっているのに、実績が記録できなくて勿体《もったい》ない。

「すみません、買い取りですね。えーとオーガの皮にミノタウロスの角に……」

買い取りが完了するまでしばらく待たされた。結局は金貨百五十枚で買い取って貰えた。小さな家なら買えるような金額だが、良い剣の一つも作ればなくなってしまうという恐ろしい罠もある。プリムが今後成長した時の為に貯蓄にしておきたいところだ。

「さて、ゴブリン退治の依頼はあるかな?」

「あった、あったぞ。レイ、ここから南の森に出るそうだぞ」

俺たちは場所だけ確認すると依頼を受けずに冒険者ギルドを出ていこうとした。俺たちのしたいことはレベル上げである。依頼を受けてしまうといろいろと制限が出てきて面倒なことになるのだ。

「おい、その依頼は僕たちが受けるからな」

「そうよ、あたしたちが先に見つけたんだから」

「余計なことはしないで欲しいわね」

冒険者ギルドを出るときにやたら挑戦的な声がしたような気がするが気のせいだ。ここは気の荒い冒険者も多いから長居はしないに限る。

ぎゃがあああぁっぁあああぁ!!

「うむ、新しい剣は良いのう。はあああ!!」

「プリム、油断は禁物だぞ」

さっそく見つけたゴブリンを一刀両断しながらプリムが楽しそうに頷く。ああ、わかるぞその気持ち。レベル上げって楽しいもんな、特に低レベルの時は強くなっていく実感が心地良い。

逆を言えばある程度レベルが上がるとそれで皆満足してしまう、だからこの世界には一部を除いて高レベルの騎士や冒険者がいないのだ。レベル上げの楽しさが伝わってない。確かになかなか上がらない時は単純作業みたいになって空しいこともあるけどさ。

そろそろプリムは、俺の弟であった勇者パルスくんにも届きそうな勢いで成長している。そんなパルスに敗れた魔王ってどんだけ弱かったのか、いやどれだけ卑怯な手を使われたのか、パルスのことだからきっと後者だな。

きゃあああ!!

俺たちがゴブリンを退治して反省会などやっていると、切羽詰まった悲鳴が微かにどこからか聞こえてきた。

初心者

きゃあああああ!!

悲鳴を聞きつけて駆けつけてみれば、なんと総勢数十人の女性冒険者たちがゴブリンたちを鈍器で撲殺していた。辺りは血の海で、その中で鬼気迫る様子の女性たちが殺戮《さつりく》衝動に身を任せている。

「え、えっと?」

「ふむ、これはなんぞや?」

目の前の光景の意味が分からず、俺たちはただ茫然と撲殺されて数が減っていくゴブリンたちを見ていた。するとその中の一人の女性が顔の返り血を拭って、こっちに話しかけてきた。

「おや、あんたら驚いてるってことは初心者かい? 簡単だよ、今日はこのあたりのゴブリンを殺してまわる日なんだ。こりゃ奉仕活動だから、報酬はでないけどね」

「奉仕活動?」

「うむぅ?」

その女性はなおも逃げようともがくゴブリンを踏みつけて、一発殴りつけてから話し続ける。

「ゴブリンやオーク、オーガが人間の女を攫うのは知ってるだろ。こっちだってぼけっと攫われるなんてごめんだね。だから、希望者だけでこいつらが増えてるところでこうして大掃除をするってわけさ」

「……なるほど、分かった」

「素晴らしい、その活動もっと広げるべき」

プリムはゴブリン退治をしている女性冒険者を尊敬の眼差しで見つめていた。俺もとても良い活動だと思う。ゴブリンやオーク、オーガの被害は本当に深刻なものだから。

「あねさん、洞窟の中に人がいますよ」

「女の悲鳴が聞こえるから、煙でいぶす作戦がつかえません」

「チッ、厄介だね。洞窟でゴブリン退治をしたことがある奴、そいつらを集めな!!」

女性冒険者たちはテキパキと役割分担をし、洞窟の中に入っていった。どうやら俺たちの出番はなさそうだと帰りかけた時、洞窟から大きな咆哮《ほうこう》が響きわたった。

ぐらあああああああああああああ!!

「あれはオーガだな!?」

「うむ、ちとここの女性には荷が重くないかのう」

案の定、女性冒険者たちが洞窟から逃げ出してきた。彼女たちを追いかけて数匹のオーガも飛び出してくる。

「プリム、魔法での援護を頼む。オーガには近づくなよ!!」

「うむ、任された!!」

ぐらあああああああああああああああああ!!

俺は逃げる女性たちの間をすり抜けて、オーガに近づこうとする。オーガが炎の魔法を放ったので、氷の魔法で応戦した。

「はあああああ!!」

魔法を放って隙ができたその瞬間をねらって、オーガを腹の部分から一閃して斬り捨てた。大量の臓物をまき散らしながら、オーガはそのまま横倒しになる。

「さーて、次だ!!」

ぐらあああああああああああああああああ!!

今度は別のオーガを狙ってこちらから魔法を放つ、足元を凍らされたオーガの動きが鈍った瞬間に背中から真っ二つにしてやった。

「おらっ、あんたたち!!　オーガと戦ったことがある奴、今のうちに体勢を整えな!!」

「はい!!」

「おうよ!!」

「戦えない子は下がって!!」

女性冒険者たちも最初は動揺していたものの、彼女たちも冒険者だ、臨機応変に数人ずつでオーガと戦いはじめた。

「我が魔法を受けてみやれ!!」

プリムは全体を見渡せる位置に移動し、戦線が崩れそうなところを魔法で援護してまわっていた。

プリムの雷の魔法があちこちでオーガに炸裂する。

「ははははっ、女性もなかなか強いもんだ」

俺はまた一体のオーガを倒すと、苦戦しているグループの援護へと走る。ほどなくしてオーガたちは全て退治された。回復魔法を使える者が負傷者の手当てにあたり、死者は一人も出なかった。

「にゃははははっ、あんた男だけどなかなか良い男じゃないかい」

「ど、どうも」

「うむ、レイは良い男」

「良い人なんだけどねー、なんて良い人どまりで終わるんじゃないよ」

「は、はい」

「そこは心配無用」

ゴブリンやオーガを全て倒して、捕まっていた女性を村へと送り届けた後。俺たちは奉仕活動をしていた女性たちに捕まってしまった、そしてそのまま酒場に行って飲み会が始まってしまったのである。

「領主もさ、もっとあいつらくそゴブリンどもの対策に金をかけやがれっての!!」

「そ、それはそうですね」

「うむ、女性の敵に慈悲はないぞ」

「まぁ、今日は一日奉仕活動ご苦労さま。まだまだ、飲むよー!!　酒持ってこいや!!」

「プ、プリム!?」

「レイ、女性に恥をかかせてはいかんぞ」

結局、その晩はしこたま酒を飲まされて、後半は酔いつぶれた女性たちの介抱をすることになった。……………女性は意外に逞《たくま》しい。

翌日、冒険者ギルドに行くと彼女たちはそれぞれ依頼を受けて仕事をしているようだった。俺も依頼が貼ってある掲示板をみていると、ギルド職員から声がかけられた。

「ギルドマスターがお待ちです、すぐにこちらにおいでください」

到達者

「俺は何も依頼を受けてないし、ギルドマスターに呼び出される覚えはないんだけど」

「ギルドカードのことで用があるそうです、この呼び出しに拒否は認められません」

ううぅ、ギルドカード。俺のおかしなスキルや尋常でないレベルがバレてしまう、でもこの呼び出しを拒否して冒険者ギルドを追い出されても少し困る。

「わかった、行こう」

「うむ、我がついておるぞ。レイ」

そう言って新品の防具に身を包み、優しく手を握ってくれるプリムが優しい。俺はおもわずその頭をなでなでしておいた。プリムもわかり辛いがにこにこと微笑んでいる。

「わしがギルドマスターじゃ、最近他人のカードを不正使用する者がいての。ギルドカードを提示しない者を取り調べることになっておる。まずはお主のカードを見せてみい」

「…………これです」

現在の俺のギルドカードはこうなっている。

名前　：レイ
レベル：148
年齢　：22
性別　：男
スキル：剣術、怪力、魔法剣、全魔法、毒無効、気絶無効、麻痺無効、石化無効、睡眠無効、即死無効、魔王の祝福、神々の祝福

「こ、これは!?　え、ええとそれでは本人確認の為に血を一滴カードに垂らしてくれ」

「…………はい、どうぞ」

ギルドカードは過去に失われた技術の塊、アーティファクトの一つである。血を一滴垂らすことでその人物の情報を表示してくれるのだ、もし他人から奪ってもこうして血を一滴垂らしてみればカードはその盗んだ人物の情報しか示さない。

俺は自分のカードに血を一滴垂らしてみたが、もちろんカードの情報が変わることはなかった。

「はー、もう十年ギルドマスターをやっているが、到達者の上を見たのは初めてのこと。お主はそ

の年で一体どういう修行をしたのか。ああ、もちろんカードの情報はわし以外には洩らさんから安心してくれ」

「到達者とは？」

「それはな、到達者とはレベルが99になった者のことだ。国の中に数人そのような者がいると教えておこう。普通はそれ以上の成長は見られない。お主に限ってどうしてその枠が外れているのかは分からんな」

「この二つのスキルを見たことは？」

俺はスキルの中の魔王の祝福と神々の祝福を指さしてみせた。ギルドマスターはその二つを見たが特に驚くこともなかった。

「神の祝福や神々の祝福は時々見かけるの。このスキルがあるとレベルが上がりやすくなるという。まぁ、神様のお気に入りへのえこひいきというわけだ。魔王の祝福というのは初めて見たが、恐らく効果は似たようなものだろう」

「……それじゃ、俺はもう帰っていいですかね」

「うーん、一つ頼みがあるな。実は北のバイトラーク山にドラゴンが棲みついてしまったという情報がある。複数のチームで現場に向かわせたんだが、全員帰っては来なかった。そこを調べてもらえると助かる」

「報酬は？」

「ギルドカードを特別なものに交換しよう。表には名前だけが、裏には全情報が表示されるタイプだ。これは数が少ないが間違いなく本物のギルドカードだ。買い取りとかでこれで気軽にギルドカードが使えるようになるんじゃないか？」

「調査だけですね？　討伐じゃないんですね」

「いくら到達者を超えた者と言っても、一人でドラゴンと戦えなんて無茶は言わんわい」

「…………調査だけだったら、お引き受けします。要はドラゴンがそこに生息しているのかどうか、どの程度まで近づいて平気なのかを調べればいいんでしょう？」

「そのとおりだ」

「それじゃ、必要な物としてまず地図を……」

　こうして俺はバイトラーク山のドラゴンの生息域を調べることになった。地図などを用意して貰って準備は万端だ。あとは出掛けるだけになったのだが。

「我も、我も、行くぞ〜!!」

「今回はダメ!!　プリムは宿屋でお留守番していなさいー!!」

　ドラゴンは強敵である、戦うことが目的でないにしろできればプリムを連れて行きたくない。だが、この子は頑固な子だった。

「我を連れて行かなんだら、この国を破壊して探し回ってやるぞ!!」

「なにそれ怖い!?」

結局、プリムも連れて行くことになった。いざとなったら全力でプリムを逃がすつもりでいるが、そうなっても言うことを聞かないような気がしている。

「今回の依頼は根気がいるからな、遅れるようなら置いていくぞ」

「我は頑張るのじゃ!!」

そうして俺たちはバイトラーク山の麓《ふもと》へと辿り着いた、あとは山道を登りながらドラゴンにどこまで近づいていいか調べていくだけである。

少し歩いては地図に印をつけ、また少し歩いては地図に情報を書き込む。本当に地道な作業だ、プリムの足にあわせて気配は消しながら散歩でもするように山道を進んだ。

「このあたりまでが限界だな、ドラゴンの気配が変わった」

「警戒といった雰囲気じゃ、我もここまでで良いと思う」

俺とプリムは頷いて、そろりそろりと山を下り始めた。ドラゴンの気配はどんどん遠ざかっていった。ほとんど山の麓について安心したとたん。

ギャアオオオオオオオォォォォォォォォォォン!!

「なんでだよ!?」

「レイ、来るぞ!!」

ドラゴンが物凄い勢いで俺たちめがけて急降下してくるのが見えた。俺は咄嗟《とっさ》に五重の結界を張った!! 一足遅くプリムも俺の真似をして結界を張るのが分かった!!

母の愛

ギャオオオオオォッォッォン

　俺とプリムで六重に張った結界にドラゴンは体当たりをした。そしてそのままその場にひっくり返ってしまった。ちなみに黒いドラゴンだった、ってどうでもいいか。

「なんだ、このドラゴン？」

「とんだ見掛け倒しじゃ」

　俺はドラゴンがひっくり返っている隙に首だけを出して、ドラゴンの体を土魔法で埋めてしまった。止めをさしてもよかったのだが、万が一仲間がいたりしたら困るからだ。

「おい、起きろ!!」

「我らの質問に答えるのじゃ」

　何度も何度も揺さぶったりしてみたが起きないので、雷の攻撃魔法を弱めに一発くらわせた。さすがにこれは痛かったのか、きゃいんと一声鳴いてドラゴンは目を覚ました。

「はっはっはっは、侵入者どもよ。私の縄張りより立ち去るがよい……ってどうして僕埋まってるの？　あれっ、出れない。出れないよ、お母さんー!!」

「……ドラゴンってもっとこう、崇高な種族じゃなかったのか？」

「何にでも例外はあるということじゃ」

俺はすっかり埋まっているドラゴンの首筋にアダマンタイトの剣を当てて、何か妙なことをしたらいつでも殺せるぞという姿勢をとった。

「ヒッ!!　に、人間さん。な、なにか僕に御用でしょうか？」

「そうだな、その皮とか鱗とか防具を作るのに欲しいな。ドラゴンの肉も食ってみたいし、内臓や血は薬の材料になるな」

「レイ、我も、我も、ドラゴンのステーキを食してみたいぞ」

「ヒィィ!!　そ、それ以外でお願いします。僕はまだ独り立ちしたばかりの子ドラゴンです、お肉だってきっと美味しくないですよう!!」

「試してみないとわからないこともある」

「食してみないとわからないこともあるのじゃ」

完全に目の前のドラゴンが食肉用に見えてきた、もうこのままコイツ食べちゃっていいんじゃないかな？

「うわあぁぁん、お母さん。うぇええええん、お母さーん!!」

「うっ、うるさい」

「黙らんか、未熟者め」

　すると俺たちの上空に今捕まえているより大きなドラゴンが飛んできた。風を翼にまとわせながら下りてきた。綺麗な赤いドラゴンだった。

「うちの馬鹿息子がご迷惑をおかけしたようでごめんなさい。あのできればその子を解放して貰えないかしら」

「ああ、息子さんですか。……心中お察し申し上げます」

「我が思うに、苦労しておるのう」

「ええ、人間の怖さがわからなくてこんなに人間の街に近いところに巣を作ってしまったの。やってきた人間たちも簡単に倒せたなんて言って調子にのるし、はぁ〜。でも、可愛い息子なのよ。できれば返してくれないかしら？」

「人間の近くに寄らないように再教育してください」

「それとじゃ、何か貰えると嬉しいの」

「それでは今から私が脱皮する皮をさしあげましょう、魔法で無理矢理に剝ぐ皮だから強度は生きている物と変わらないわ。それに爪と牙、鱗をいくつかつけましょう」

「そこまでされたら、こっちとしては文句はない」

「すまんな、助かるのう」

　こうして俺たちと母ドラゴンとの取り引きは終わった。子ドラゴンはその間中シクシクと泣きっ

ぱなしだった。

「それでは、もうお会いすることがないことを祈るわ」

「うえぇぇえん、もう人間なんか嫌いだ――!?」

「もう人間に近づくなよ!!」

「うむ、母に面倒をかけるでない!!」

ドラゴンたちを見送った後、冒険者ギルドにはドラゴンが引っ越したことを伝えておいた。新しいタイプのギルドカードも貰えた。しかし今回の一番の収穫はドラゴンの素材である。俺たちはさっそく武具屋にドラゴンの皮を持ち込んだ」

「はあぁぁぁ!? ドラゴンの皮、本物か!? こりゃ、すげぇ!!」

武具屋の親父はドラゴンの皮や鱗を調べたあと、俺たちにこう言った。

「こんなにいい素材の加工は俺の腕じゃ勿体ない、ボルカーン王国へ行きな。あそこには腕のいい武具屋や鍛冶屋が大勢いるぞ」

こうして俺たちはまた旅をすることになった、新しい防具を手に入れる為にボルカーン王国へと。

「フォルクス王国からボルカーン王国か、少し遠いし途中で魔国を通らないといけないな。長い旅になりそうだ」

「武器屋も沢山あるのだろう、我はいっぱいお金を貯めて良い武器を手にいれたいぞ」

「そうだな、別に急ぐ旅じゃないし、のんびりといくかな」

「美味しいものもあるといいのう」
俺は新しくギルドカードを手にいれたわけだが、また妙なスキルが一つ増えていた。よく見れば、プリムもそうだった。

名前　：レイ
レベル：149
年齢　：22
性別　：男
スキル：剣術、怪力、魔法剣、全魔法、毒無効、気絶無効、麻痺無効、石化無効、睡眠無効、即死無効、魔王の祝福、神々の祝福、龍王の祝福

名前　：プリムローズ
レベル：41
年齢　：15

性別　：女
スキル：剣術、水魔法、光魔法、風魔法、火魔法、土魔法、毒無効、石化無効、龍王の祝福

あの馬鹿ドラゴンを引き取りにきた、綺麗な赤いドラゴンは龍王だったらしい。祝福っていうことはまた成長が速くなるのだろうか。

疑問と幸せ

ぎゃあああああおぅがああああぁぁぁぁあぁ!!


「うむ、四匹め」

「順調だな、腕も上がっている」

今日も俺たちはレベル上げとしてオークを狩りに来ていた。オークが相手だとプリムはまだ一匹ずつしか相手ができない。

プリムの体格ではどうしても力負けするのだ。水魔法の刃で器用に敵を倒してはいるが、集団で囲まれたら負けるのはプリムの方だろう。

十数匹、とりあえず目についたオークを始末して、俺たちは休憩しながら水筒から水を飲んだ。

「むう、レイはどうやってオークの集団と戦えるようになった？　最初はレイだって弱かったはずだ」

「最初はゴブリンだって集団で相手にしなかったよ。よく使ったのは罠だな。それができない時は一匹ずつ誘き出した。まずは確実に一匹ずつ仕留めていったよ」

「なるほど、今度我に罠の作り方を教えておくれ」

「うーん、罠を作るにも結構力が必要だからな。プリムは魔法の力を伸ばしていった方が早く強くなるかもしれないぞ」

「ほう、魔法か」

「水魔法が得意だから、水場におびき寄せるとか、逆に待ち伏せをするとかだな。後は土魔法なら森なら大体のところで使えるぞ」

「むう、女子は損よの。これより魔法の練習を増やすことにするのじゃ」

「ははははっ、どうしても女の子は男よりかは非力だからな。それは生物として仕方がないことさ」

質問が終わったらしいプリムが膝の上に乗ってくるので、俺は狼の尻尾を手すきですいてやった。プリムは満足そうにしていた。

「俺に言わせるとこのレベルって概念自体が不思議で仕方がない、このプレートのアーティファクトだってそうだ。血を一滴垂らせばその者の情報を読み取る、それじゃ誰がその情報を管理しているんだ？　そのことが不思議でたまらん」

「神様とやらが見ているんじゃないか？」

「その神様っていうのは何者だ？　教会では全知全能の存在なんて言うが、ただ見ているだけで手を貸さないなら何の役にも立たん」

「我は神を信じないので分からん」

「俺も神様を信じてるかと言われると分からないな」

「うむ、そのくらいで丁度いいのではないか」

「そうか」

「そうだの」

休憩が終わるとまたオークを探して森を歩いていった。オークの代わりに狼の群れをみつけたのでこれも倒しておく。プリムがさっそくとばかりに土魔法の槍で何匹かを串刺しにしていた。

「狼は美味しいのか？」

「硬いが食べられないこともない」

狼よりも猪や鹿が食べたいのでレベル上げを中断して森を彷徨《さまよ》う。地面に残っている足跡や糞などから大きな猪を見つけだした。

「ここは我がやろう、水の刃よ!!」

「おお、綺麗に切れたな」

食欲に突き動かされるプリムは凄い、猪の頭を見事に魔法で断ちきった。頭にも肉はあるのでこれもとっておく、そして体のほうは吊るして血抜きをする。

「早く食べたいぞ、レイ」

「血抜きしないとせっかくのお肉が美味しくないぞ」

血抜きをしない肉は生臭かったり、血の味がして美味しくない。しっかりと血抜きをしてから猪を解体していった。プリムが待ちきれない様子なので、肉を少しずつ切り取り串焼きにしてみる。

「塩胡椒を忘れるなよ」

「うむ、ふわあああ。美味い、肉についてる脂肪がまた美味いぞ」

鹿があっさりとした肉なら、猪は脂がしっかりとついた肉だ。もちろん、時期にもよるが食べるなら猪のほうが美味い。

「レベルが上がって、美味しい肉を食べれて幸せだな。レイ」

「確かに幸せだな、プリム」

ガツガツと猪の肉を美味しそうに頬張るプリムを見ているとそれだけで幸せだ、今日の猪はまた脂がのっていて美味かった。

「また食べる時が楽しみだ」

「まだまだ肉は残っているからな、次も楽しめるな」

大きい猪はとても一度では食べきれない。『無限空間収納《インフィニットスペースストレージ》』に入れておいて必要な時に食べるようにする。本当に『無限空間収納《インフィニットスペースストレージ》』は便利だ。

「もう食べられないぞ、ふぁ〜あ」

「少し眠っていいぞ、何かあったら起こすから」

森の中で昼飯を食べてゆっくりと休む、とても贅沢な時間だと思う。家名を背負って戦う騎士より、領地を管理する貴族より、俺はよっぽど幸せな奴だ。

「むにゃ、次は鳥肉で、んにゃ」

「はい、はい、かしこまりました」

プリムは幸せそうに俺の膝でお昼寝を楽しんだ。俺も眠気がやってきたが見張りが一人もいないなんて森の中では危険だ。

のんびりとプリムの頬を突いたりして時間をつぶした。他にも無属性の魔法の構築を考え出したら思ったよりも時間が過ぎてしまった。

午後からもほどほどにレベル上げをして、俺たちは宿屋に帰った。

油断

俺の故国ムーロ王国が、戦争をしていたセメンテリオ魔国と平和条約を結んだと人の噂で聞いた。なんでも勇者パルスくんが相手国の王女と結婚して、条約締結にまで至ったそうだ。

「…………最初から王女と通じてたんじゃないか？　そして、戦争で自分たちに邪魔な者を全て始末した。…………なんて、まさかな」

「レイ、どうかしたかえ？」

「うーん、家族が元気でやってるらしいっていう話だ」

「……そうか、それは良いことだの」

プリムは自分の過去を話したがらない、俺も特に聞く気はない。以前に一度聞いた時に雰囲気が悪くなったからな、同じ過ちはしないんだ。

「今日はどうするかや？」

「そうだな、偶にはレベル上げを休んで、このフォルクスの都を見て回らないか？　もうすぐここを離れるわけだしな」

「美味しい物があるとよいのう」

「野菜や果物などを買いだめしておこう」

俺たち二人はフォルクスの都にある市場までやってきた。週に何回か通常の市とは別に露天商などが出ている場所だ。様々な物が売ってあり、そこにいる人種も変わっていた。

「はむ、はむ、この兎の串焼きは美味いのう」

「俺はこっちの鳥肉がいいな、歯ごたえがある」

買い食いしながらのんびりと市場を見て回る。途中でキャベツや玉ねぎ、芋にかぶなどの野菜を買って『無限空間収納《インフィニットスペースストレージ》』に放り込んでおいた。

「はわわ、この冷たい氷菓子も美味いのう」

「どうやって作ってるのかな、魔法で再現できるかな」

細い氷が一杯に入った甘い氷菓子を二人で食べる、器も固焼きしたパンでできていて氷菓子がしみ込んで甘くなったところを食べると柔らかくなって美味かった。

他にはりんごなどの果物を大量に買って、『無限空間収納《インフィニットスペースストレージ》』に入れていく。この魔法は本当に便利だ。

「おお、レイ。あれは魔法書ではないかや?」

「古本屋らしいな、ちょっと見ていくか」

市場の片隅にいくつか古本屋が出ているので手に取って見てみる。ほとんどは知っている魔法だが、中には知らない魔法書もあった。

「金貨十枚」

「いや、金貨五枚だ」

「金貨八枚」

「金貨五枚だ」

「金貨六枚～!!」

「金貨五枚だ」

「畜生、金貨五枚だ。持ってけ、この野郎」

「では金貨五枚だ」

値切りに値切って珍しい魔法書を手に入れた俺は、プリムの姿が見えないことに気がついた。さっきまでは俺と同じように魔法書を見ていたのにどこにも姿が見えない、俺は市場をまわってプリムを捜した。

「プリムー!!　どこだ——!!」

かなりの時間捜し回ったが見つからない、なら宿屋に帰ったのかと思って戻ってみたがプリムの姿はなかった。

「迷子ということはないだろう、ならば誘拐でもされたのか。……冒険者ギルドに行って情報を集めてみるか」

冒険者ギルドに行ったらすぐに職員さんが探し人の依頼書を作ってくれた。俺は都から連れ出された可能性も考えて門兵のところへも行ってみた。

「聞きたいことがあるんだが、白い髪で赤い瞳をした狼少女がここを出ていかなかったか?」

「おい」

「やっぱりあれは」

「誘拐かよ」

「ちょっとおかしかったよな」

「どうする」

門兵は基本的に入ってくる人間を調べて通行料をとるのが仕事だ、都から出ていく者には注意をはらわない。俺は金貨一枚見せてから、問いかけた。

「一番、詳しい情報をくれた者にこれをやる」

「さっき、大男と一緒に出ていったぞ」

「隠してはいたが、あれは人狼だよ」

「だから、仲間かと思ったんだ。女の子は眠っていたし」

「人狼なら、ここから東にある森の奥に集落があるぞ」

「地図を描いてやる、ほらっここだ」

門兵たちが素直に話してくれたので特別に金貨を一枚ずつ渡しておいた、もし他に情報があったらまた喋ってくれることだろう。

　俺は丁寧に描いてくれた地図を見ながら、日が暮れ始めたフォルクスの都を出ていった。魔法の灯りをたよりに目的の場所に進んでいく。夜の森は危険が多いのだがプリムが関わっているのなら仕方がない。

「無事でいてくれよ、プリム」

　夜の森は暗く、見えているのは魔法の灯りの範囲だけだった。俺は方角を見失わないようにしながら森の奥へと慎重に進んでいった。

「ええい、邪魔だ!!」

　途中でエビルバッドなどに襲われたが剣で一閃する、今は何より時間が惜しい。一体何の目的でプリムを連れ去ったのかわからないが、意識を奪ってまでとなると嫌な答えしか思い浮かばない。

　昔、鍛錬として暗い森に行っていたことが役にたった。どうにか俺は方向を見失わずに人狼の集落に辿り着いたのだ。

人狼族

人狼の集落まで来た俺がどうやって中の様子を探ろうかと考えていると、いきなり集落にあった家の一つで爆発が起きた。

「我はレイのところに帰る!!　ええい、そこをどきや!!」

その爆発の中から出てきたのはプリムだ、良かったどこにも怪我などはしてなさそうだ。俺はプリムに向かって声をかける。

「プリム、無事か!!　迎えに来たぞ!!」

「レイ!!」

俺の方からプリムの方に走りよって抱きしめた。うん、やっぱりどこにも怪我などない。何の目的の誘拐だったか知らないが、危害は加えられないで済んだようだ。

「ようよう、人間の兄ちゃんよぉ。俺らの女を渡して貰おうか」

「今なら怪我もしないで帰れるぜ」

「どうせ獣人なんて、人間さまからしたら奴隷みたいなもんだろ」

「返してくれよ、貴重な女なんだから」

「そうそう、人間のあんたよりよっぽど大事にするぜ。同族だからな」

爆発に気づいた人狼たちが集まって来て口々に勝手なことを言う。俺はその奴らが話す内容に怒りがたまってきて叫んだ。

「ふっざけんな、人の大事なもんを勝手に持っていくんじゃねえよ。てめえらなんかにプリムを渡すもんか」

俺の本能的な叫びに、プリムはニヤリと笑って頷いた。

「うむ!!　さすがじゃ、レイ!!」

そこからは大混戦だった、プリムを攫おうとする人狼の男を遠慮なく俺は蹴り飛ばした。また成長して今の俺のレベルは151だ、蹴り飛ばされた人狼は血を吐いてその場で動かなくなった。

次々と襲い掛かってくる人狼たちを腕の骨を折り、顔面を強打し、両足を潰して、とにかく重傷を負わせて行動不能にしていった。

最後には逃げ出した奴もいたが、プリムを攫われて頭にきていた俺に捕まった。そいつの腕をつかんで振り回し、近くの木に叩きつけた。

全ての襲い掛かってきた人狼を行動不能にした後、パチパチパチパチとどこかから拍手の音が響いてきた。

「なんと強いお客人よ、そやつらの無礼を許されよ。できれば今後このようなことがないように、お客人には説明をしておきたいところです。いかがですか？」

拍手したのは全て女性の人狼たちだった。殺気もないし、言っていることの内容が気になったのでプリムと話をしてみる。

「プリムどうする、俺は彼女たちの話を聞いてみたい」

「うむ、殺気もないようだしのう。話だけなら聞いてみるか」

俺たちは同意し、彼女たちの住んでいる家の一つに案内された。中はごく普通の民家で、出されたお茶も普通の味がした。

「さて、どこから話そうか？　まず人狼族は女性優位の種族です、結婚という制度がなく女性は好きな時に好きな相手を選ぶことができます。もっとも、最近は同じ相手を選ぶ傾向が強くて、女性に相手にされない者が多くいるのです」

「さっきの奴らみたいにか？」

「迷惑な奴らよのう」

女性は頷いてお茶を飲むとまた話を続けた。

「それで女性に相手にされなかった者の一人がそちらのお嬢さん、はぐれ人狼を見つけてしまいました。あくまでも保護という名目でこの集落に連れ帰ってきたのですが、本音を言えば交尾をしてくれる女性を一人でも増やしたかったのでしょう」

「おい、あいつらを去勢してきてもいいか？」

「ふむ、去勢とはなにかのう」

女性は苦笑いをしながら、俺の提案には首を横に振った。残念だ、同意してくれたらあの男たち全員地獄に叩き落としてやったのに。

「そちらのプリムというお嬢さんがどうしてはぐれ人狼をしているかは知りません、ですがはぐれ者は狙われやすいもの。特に人狼族では女性が少ないですから、今後余計な誤解をまねきたくなければマーキングをしっかりとしておくとよいでしょう」

「マーキング？」

「うむ、良いことを聞いた」

俺には分からない単語があったので、今度はプリムにその意味を聞いてみた。プリムは淡々と当たり前のように説明してくれた。

「マーキングとは何だ？」

「ほら犬などがする匂いつけのことじゃ、要は強いオスであるレイの匂いを我につけておけばいいのじゃ」

「具体的にはどうすればいいんだ」

「今までのように一緒に寝たり、なるべく離れんようにしておけばよい」

そうか、別に今までと何も変わらないな。俺は納得して夜はしっかりとプリムを抱き枕にしておこうと思った。そうか、やたらとプリムが俺と一緒に寝たがるのにはそういう理由もあったんだな。

「夜道は危ないですから、今日はこの家にお泊まりください。仲間が迷惑をかけて本当に申し訳ないです」

「分かった、泊まらせてもらおう」

「早速、マーキングするのじゃ」

その日の夜はプリムと一緒に人狼族の家に泊めて貰った。同じベッドで念の為に剣を手元に置いて寝た。翌日、男の人狼族にあったが、もう何もしてこなかった。人狼族は強い者に従う傾向があるから、もう俺にはむかったりはしないらしい。

人狼族と戦ったことでまたギルドカードが変化していた。

名前　：レイ
レベル：157
年齢　：22
性別　：男
スキル：剣術、怪力、魔法剣、全魔法、獣の目、毒無効、気絶無効、麻痺無効、石化無効、睡眠無効、即死無効、魔王の祝福、神々の祝福、龍王の祝福獣の目とは夜目が利くようになるスキルらしい、地味に嬉しいスキルだった。あちこちに傷を負った男とそれを笑いながら見ている女の人狼に見送られて、俺たちは人狼族の集落をあとにした。

奪われるもの

「闇属性の魔法は何かを奪いとる魔法だ、例えばこの水から熱を奪い取ってみると氷に変わる。プリムの苦手な属性らしいけど頑張って覚えるんだ、魔法は全属性使えた方がいいからな」

「むう、分かった」

俺たちはフォルクス王国からベルヴァ王国への駅馬車に乗っていた。また時間が勿体ないのでプリムに魔法の訓練をさせる。

それと同時に俺も魔法の訓練を開始した。自分の魔力でできた薄い結界をできるだけ広げて追跡者がいないかを探る。今のところは怪しい人物はいないようだ。この探索の魔法は慣れればその内側のことをまるで目で見たように知ることができる。便利な魔法だ。

「おお、レイ。ほんの少しだが凍ったぞ」

「うん、魔力の操作はそれでいい。後は慣れだな、練習しろ」

プリムの言葉に返事をしながら索敵の魔法は切らさないようにする。二度とこの子を攫われてなるものか。用心には用心を重ねておいても悪く無い。

駅馬車がフォルクス王国の最果て、ベルヴァ王国にもっとも近い街に到着した。今晩はここで宿をとって明日は国境越えだ、魔法に集中しているプリムに声をかける。

「プリム、練習はそこまでだ。宿探しをするぞ」

「ふふふふふ、闇魔法もできるようになった。我を褒めてもよいぞ」

プリムが笑顔で可愛いことを言うから、その頭をなでまわしてやった。狼耳をかいてやるのが気持ちいいらしい、プリムは赤い顔をして満足気だった。

「フォルクス王国ともお別れか、次のベルヴァ王国とはどんなところかえ？」

「王が獣人だと聞いている、おかげで獣人にとっては住みやすい国のようだ」

「それは面白いものが見れそうだの」

「獣人にもいろいろといるからな」

その晩は宿屋で一緒に眠ったが、プリムがマーキングと言ってぎゅうぎゅう抱きしめてきた。俺だから問題ないが、レベルが低いやつだったら悲鳴をあげていそうだ。他の者には手加減をするように注意しておこう。

次の日は駅馬車ではなく歩きの旅だった。駅馬車は基本的に国内でしか走っていない。国同士をまたいで移動するのは商人か、俺たち冒険者くらいのものだ。

「レイはどんな獣人が好きかや？」

「常識があって、話が通じる奴が好きだ」

「それは人間でも同じだの」

「相手がなんの種族にしろ、話を聞かない奴は面倒くさい」

国境まで歩きながらそんな他愛もない話をする。プリムも結構体力がついたからこのくらいの移動は問題ない。

「レイは許嫁《いいなずけ》はいなかったのかえ？」

「……いなかったな」

「その答えに対する間はなにかや？」

「いや、俺にはいなかったけど、弟には五人もいたもんで」

「変わった弟だのう、いや貴族なら当然か」

「あれっ、俺は実家が貴族だと言ったか？」

「立ち振る舞いを見ていれば分かることよ」

「そうかな、随分冒険者らしくなったと思ったんだけどな」

そうして話しているうちに国境に辿りついた。軽く身体検査を受けてギルドカードを名前だけ見せて通行料を支払う。

「通行料は獣人は銅貨五枚、人間は銀貨一枚だ」

「そうか、わかった」

「ほう、種族によって違いがあるのかや」

種族によって違いがある国はあまりいい思い出がない。俺は嫌な予感がしたがプリムは獣人族だし、大丈夫だと判断して国境を越える。

「プリム、少し抱き上げて走るぞ。日没までに次の街につきたい」

「うむ、しっかりと摑まっておくぞ」

国境を越える前に昼が過ぎていたので、俺はプリムを抱き上げて街道を走った。プリムを抱き上げていることで、丁度いい鍛錬にもなった。プリムは使えるようになった闇魔法の練習をしていた。

「門が閉まる前に間に合ったぞ」

「さすがはレイじゃ、褒めてつかわす」

ここでも通行料を払って、ギルドカードを名前だけ見せて街に入る。すぐに宿屋探しだ、幸いベッドが一つの一人部屋がとれた。プリムとはどうせ一緒に眠るからベッドが一つでも問題ない。

「明日からはまた駅馬車かえ？」

「そうだ、ベルヴァの都まではそうなるな」

「おやすみ、レイ」

「ああ、おやすみ。プリム」

その晩もいつものようにプリムと一緒に寝た。異変があったのは真夜中のことだ。無断で部屋に入ってくる者がいたので、剣をその首筋につきつけてやった。

「誰だ、お前たちは？　ここは俺たちが借りている部屋だぞ」

「ふぁ～あ、夜中に安眠妨害だのう」

魔法で灯りをつけてその姿を確かめれば、この国の兵士たちだった。兵士ともめると碌なことがないので、一応突きつけた剣は下ろして事情を聞いてみた。

「人狼の少女が誘拐されていると通報があった、……だがその様子だと間違いのようだな。眠っているところ悪かった、失礼する」

話を聞いてみるにこの国では人間の扱いが軽いようだ、やれやれと思いながらプリムを抱え直して眠りについた。

「レイには面白くない国よのう」

「差別はされる側になるとよく分かる、偶にはこんな国もいいだろう」

プリムと宿屋で携帯食を温めて食べながら、俺はこの国は早く出ていった方がいいだろうと考えていた。差別が迫害に変わるのはあっという間だからだ。

俺たちは駅馬車に乗ってベルヴァ王国の都へと何日かかけて到着した。

闘技場

「レイ、あれは何かの？」

「俺も初めて見るが、恐らく闘技場ではないだろうか」

ベルヴァ王国の都は大勢の人々でごったがえしていた。その多くは獣人族だ。彼らの話している声を聞いてみるとあの大きく丸い建物は闘技場のようだ。時々、対戦相手の賭けにのらないかと大声をあげて歩いている者がいる。

「レイが出ればきっと優勝だのう」

「いや、世間にはどんな強い奴がいるか分からんぞ」

「レイは謙虚だの」

「慎重だと言って欲しい」

とりあえず、今夜の宿屋を探してみつけた。また一人部屋にベッドが一つだったが、今度は兵士が乱入して来ないだろうな。

ついでにもう二度と来ることがなさそうなので、プリムと一緒に闘技場を見学してみた。そこでは獣人同士が激しい戦いをしていた。つい癖でこう動くかとかああ動けばいいのになどと考えながら真剣に観戦してしまった。

「レイも出てみると良い」

「俺がか？」

「ここ数日の扱い、頭にきているであろう」

「まぁ、楽しい国ではなかったが」

「どうせもうこの国には来ないのじゃ、遠慮することもない」

「それも、そうか」

実は駅馬車や宿屋などあちこちで小さいが差別的発言が積み重なっており、俺も結構怒りがたまっていたのだ。どうせもう二度と来ることも無い国だ、少しくらいはめを外してもいいだろう。

「明日の闘技場に選手として参加したい」

「おお、兄ちゃん。人間だな、人間はいつでも参加自由だ。参加料として金貨五枚頂くぜ、それじゃこの参加証を持って帰りな」

「ふふふふ、明日の試合が楽しみよのう」

翌日、闘技場に行ってみるとプリムも一緒に選手の部屋に通された。プリムは俺の付き添いという形らしい。ちなみにこの闘技場では魔法は使用禁止だ。

「特等席での見物じゃ、楽しみで堪らんわ」

「ああ、もういい加減に頭にきたからな。誰であろうとぶっ飛ばす」

最初は参加する人間が全て集まっての勝ち抜き戦だった。ルールは簡単で相手が負傷し戦えなくなるか、負けを認めるか、リングとされる一段高いところから落とせば勝ちとされていた。

初戦は六十名ほどで、いろんな人間がいたが、基本は逃げに徹して最後の一人をリングから軽く蹴り落として勝利した。客席からは面白くなかったのだろう、野次などが飛んでいたが無視した。

「ああ、レイが怒るのは珍しい。本気で戦うのもな、これは楽しみよ」

プリムが応援だろう、手を振って笑っているので俺も少し癒された。さて、獣人族には少々痛い目に遭って貰おうか。

最初のゴリラの獣人は捕まると面倒そうだったので、その両手をかいくぐって素早く下段蹴りで両足を砕いてやった。もう動けないので勝利となった。

次は毒持ちのトカゲの獣人だったが、毒にさえ気をつければ腹を殴り飛ばして意識をとばしてやるのは簡単だった。

ワニの獣人はその顎で噛み付かれたら厄介だろうが、速さは無く背中から持ち上げて地面に叩きつけた。相手が負けを認めて勝利した。

虎の獣人は威勢よくいきなり突っ込んできたが、俺からすればまだまだ遅い。攻撃してくるのを避けて、走ってきた勢いを利用してそのまま場外に蹴り出した。

獅子の獣人は用心深くこちらの出方を窺《うかが》っていた。こっちから近づいて相手が反応できないうちに、その顔を思いっきり殴り飛ばしてやったらふらついて倒れて起きなかった。

牛の獣人は角の攻撃が厄介だったが、リングのギリギリで来た攻撃を避けてやったら自分から場外へ落ちていった。

熊の獣人は速さもあり力も強かった。こちらから疾走して勢いをつけ頭を下から殴り上げた。そして、脳が揺らされふらついているうちに場外へ蹴り飛ばした。

カバの獣人はその顎の力は驚異的だったが、両足を蹴り飛ばして骨折させた後にその体をかかえて場外へ放りなげた。

サイの獣人は角と素早い突進が少し怖かったが、腕を引っ張って引き倒して蹴りをいれてやったら肋骨が折れたようだった。相手がそれで負けを認めたので勝利となった。

そうやって次々と獣人たちを片付けていったら、闘技場はだんだんと静かになっていった。最後のサイを倒したあたりではもう誰も喋ったりしていなかった。

「やったぞ、レイ。賭けに勝ったぞ、今夜はごちそうじゃ」

「……プリム、しっかり俺に賭けてたのか」

結局、選手の付き添いの者は賭けに参加できないということでプリムの賭けは無効になった。もし、無効にならなかったら俺たちは今頃は大金持ちだった。

「まぁ、賭けは残念じゃが、これで獣人どもも少しは人間の怖さがわかったじゃろ」

「そうだな、それにいろんな獣人と戦えていい経験になった」

「レベルも上がったのではないのか?」

「……実は結構上がっている」

俺はギルドカードを取り出してその情報を確認した後に、プリムにも見せておいた。今回のことは良い経験になった、最初は単純なこの国への不満からの出場だったが今では感謝したいくらいだ。

名前　：レイ
レベル：168
年齢　：22
性別　：男
スキル：剣術、怪力、魔法剣、全魔法、獣の目、毒無効、気絶無効、麻痺無効、石化無効、睡眠無効、即死無効、魔王の祝福、神々の祝福、龍王の祝福

賞金として金貨百枚貰えるらしいし、この闘技場で得たものは大きかった。戦い終えた俺たちに身なりのよい貴族と兵士たちから伝言があった。どうやら闘技場で活躍した俺たちは城に行く必要があり、そこで優勝賞金が貰えるそうだ。

仕方がないので兵士に従って城に行くと、思わぬ人物がそこで俺を待っていた。

「兄さん、優勝おめでとう。さすがは僕の兄さんだ」

扇動者

「ぱ、パルスか？　どうしてお前がここに!?」

「やだなぁ、兄さん。もちろん、勇者として同盟を結ぶ為にここにいるんだ」

俺は久しぶりに見る弟の姿に動揺した、前に見た時よりも背も伸び体もしっかりとして美男になっている。これならば敵国の王女が結婚したがったのも無理はないかもしれない。

「兄さんにも苦労をさせたけど、是非僕たちの国に帰って来て欲しい。父さんや母さんも喜ぶよ」

そうか、こんな俺が家に帰ってもいいのか。それで父さんや母さんも喜ぶんだろうか。分からない、そうする方が良いことなんだろうか？

「闘技場での戦いもすごかった、僕は兄さんがあんなに強いなんて知らなかった」

当たり前だ、それは隠していたからな。なぜだ、なぜ俺は強さをわざわざ隠していたんだろうか。

いや、そんなことどうでもいい。そうか、本当にどうでもいいことか？

「いずれはじまる他国との戦いにおいて、兄さんの力は重要なものになると思う」

俺は力を隠していた、それなのにどうして他国と戦う、どうして他国と戦うんだ？　おかしい、

何かがおかしい。これは俺の考えではない。では誰の考えだろう。

「だから帰って来てくれるよね、兄さん。僕らは仲が良い兄弟だから当然だよね」

帰る、仲が良い兄弟のパルスのところへ帰る？　そう俺たちは仲が……いい……？

仲がいい!?　ふざけるな、俺を殺しかけた弟のところになんか、どうして帰らなければならないんだ!!　どうせ何かに利用されるだけじゃないか!!

「パルス、俺は廃嫡され既に国を捨てた身だ。今後もムーロ王国に帰ることはないだろう」

「そんな、兄さんの力は必要なんだよ。今は魔族も僕のおかげで大人しくしているけどいつ何があってもおかしくない」

「セメンテリオ魔国とムーロ王国の問題はもう俺には関係のない出来事だ、だからお前の要望には応えられない」

「…………そうか、残念だけど仕方がない。父さんと母さんにもそう言っておくよ。だけど、不思議だね。今まで大切な人の説得に失敗したことはなかったんだけどな」

「もういいか、俺は疲れた」

「ああ、ごめん。兄さんは今日沢山戦って疲れていたんだね」

パルスとの会話を終えると俺は非常に疲れていた、ふと見るとプリムが心配そうに俺の後ろから服を引っ張っている。俺はその視線に大丈夫だと頷いた。

「兄弟同士の再会は終わりましたかな？」

「はい、カーレッジ王。結果は不本意ですが、生き別れていた兄と再会できたことは幸いです」

俺は慌ててカーレッジ王から距離をとって、頭をさげ膝をついた。パルスはムーロ王国の使者かもしれないが、俺はただの闘技場の優勝者だ。プリムも俺に隠れるようにして同様の臣下の礼をとっていた。

「ああ、そういう礼は必要ない。立ちなさい。闘技場でのそなたの雄姿、力に溺れて気が抜けていた我が国民に良い薬となっただろう、これが優勝賞金だ」

「はっ、光栄に存じます」

俺は優勝賞金を受け取った、これでもうここには用が無い。さっさとプリムをつれて退散したいところだ。

「しかし、パルス殿は良い兄君をお持ちだ。レイ殿はさぞかし高い地位におられるのだろう」

「いいえ、私は廃嫡され家を出た身です。地位や身分はもっていません」

「なんと勿体ない話だ、我がベルヴァ王国は力を尊ぶ国でもある。望めば何らかの地位につけることもできるが？」

「いいえ、私は今の自分をもっと鍛え上げたいと思っています。それには旅が必要なのです。大変光栄なお話ですが、どうかそれはなかったことに」

「そうか、それは残念だ。機会があったらいつでも我が国へ参られよ、強き者は歓迎するからな」

こうして俺とカーレッジ王との対面は終わった。その後パルスを交えて食事をしていくように勧められたが全力で断った。俺はどうもあの不気味な弟には近づきたくない。

「レイ、危なかったぞ。我も一時はくらくらしたわ、レイがおらなんだらどうなったことか」

「なんの話だ、プリム？」

「ギルドカードを見てみるとよい、お前の弟は恐ろしく胆力のある奴じゃ」

俺は自分のギルドカードを取り出して見てみた。

名前　：レイ
レベル：168
年齢　：22
性別　：男
スキル：剣術、怪力、魔法剣、全魔法、獣の目、毒無効、気絶無効、麻痺無効、石化無効、睡眠無効、即死無効、魅了耐性、魔王の祝福、神々の祝福、龍王の祝福

新たに魅了耐性が加わっている。さっきのおかしな思考の流れはそれが原因か!?　いやまてよ、パルスはきっとこの自分の力を知っている。知っていながら、よその国の王族たちに使っているの

か!? 一歩間違えれば無礼討ちにされても仕方がない行為だ。

魅了という攻撃は魔物がもっていることも多いが、人間でも魅力のある者が後天的に手に入れることもある。失敗した時にはそうやって言い訳しているのだろうか、大胆で卑劣な手を使う恐ろしい弟である。

「以前に俺に使わなかったのは、パルスにとって利用価値がなかったからか」

「……レイ? よくわからんがあの弟の虜《とりこ》にならんで良かったのう」

プリムのギルドカードにも魅了耐性が追加されていた。お互いにほっと一安心をした。

名前 :プリムローズ
レベル:43
年齢 :15
性別 :女
スキル:剣術、全魔法、毒無効、石化無効、魅了耐性、龍王の祝福

それから数日経ったがベルヴァ王国とムーロ王国との同盟という噂は流れてこなかった。カーレ

ッジ王が見事にパルスの魅了攻撃をはねのけたのか、それとも元々魅了への耐性持ちか無効化ができたのだろう。王族はいろんな誘惑が多いだろうから、魅了への対策くらいしているのかもしれない。

計算高い弟は相手を選んで能力を使っている。パルスがその後どうなったかはわからない。しかし、きっと何らかの方法で生き延びている。王が元々、魅了耐性や無効を持っていたら魅了されたことに気づいていない可能性もある。……もうあの恐ろしい弟のことは忘れてしまいたい、関わりあいになるときっと碌なことがない。

俺はプリムと都を歩きながら、余計なことは考えないことにした。

「最近、店や宿屋での対応がよくなったな」

「レイが闘技場で優勝したからじゃ、あれから獣人だけでなく人間が見直されているという話になっておるぞ」

ベルヴァ王国は人間を見下すような傾向以外は良い国だった。活気もあるし、街道や市場も綺麗に整備されている。

今のように人間が見直されているなら、またこの国に来てもいいかもな。良くも悪くも素直な国民性なんだな。

君の居場所

「ここからいよいよ魔国かえ？」

「そうだ、ケントルム魔国だ」

「ここがケントルム魔国か」

「なんだ、何か知っているのか？」

「我の勘違いじゃ、何も知らんわ」

「それじゃ、行くぞ。俺は初めての魔国になるから楽しみだ、ケントルム魔国と言えば始まりの六国の一つとも言われている歴史の長い国だな」

「神が作った六つの国じゃったか？　ケントルム魔国もそうだったかのう」

「まぁ、そう言われているおとぎ話のような話だ」

ベルヴァ王国から駅馬車に乗って、国境近くでおりていよいよケントルム魔国へ俺たちは入ろうとしていた。人間の俺は魔国に入るのは初めてだ。魔族は見たことがあるけど多少耳が尖っていたり、髪や肌の色が変わっているくらいで人間と変わりがなかった。

このケントルム魔国ではどんな魔族に会うことができるだろうか。

「何と言うか普通だ、人間が結構歩いているし、奴隷の姿も見かけないな」

「ケントルム魔国は魔国の中でも人間との交流が盛んな国、そんなに変わったところではないぞえ」

「なんだ、やっぱりケントルム魔国を知っているんじゃないか」

「う、噂で聞いた程度じゃ。だから、どこまで本当なのかは知らぬ」

「まぁ、いいや。このケントルム魔国は二、三日で通り過ぎて目的地のボルカーン王国を目指すぞ」

「本当に少し通り過ぎるだけなのじゃな」

このケントルム魔国を通らないと、かえって遠回りで人間の国をいくつも通過しなくてはならない。それに比べれば魔国といっても二、三日ですむこの国を通ったほうが金銭的にも体力的にも有難い。

「レイ、早く宿屋を探すぞ」

「まだ昼間なんだが、随分と早いな」

「疲れたのじゃ、なんだか体がふわふわする」

「プリム、お前少しだが熱があるぞ!!」

急いで宿屋を見つけて個室を一つ借りた。疲労には回復魔法も効果があまりない。プリムを寝かせて薬を買いに行こうとしたが、肝心のプリムがそれを嫌がった。

「薬は要らぬ、ただそこにおってくれ」

いいのか、まぁこのくらいの熱なら寝てれば治るだろうが」

いつものようにプリムを抱え込んで眠る体勢にしてみると、プリムはすぐに目を閉じた。俺も眠っておくことにする。睡眠無効の体でも眠ることが楽しいのには変わりがない。

「……レイ」

「なんだ、プリム」

何時間かして起きたプリムが声をかけてきた、まるで泣きそうなとても悲しそうな顔で俺に淡々と話をする。

「すまぬ、我は最初お主を殺す気じゃった」

「……そうか」

「そうすれば、我の居場所を作って貰えるはずじゃった」

「……今もそれが欲しいのか？」

「今は要らぬ、こうしてレイの傍にいられるのが一番の幸せぞ」

「……それは良かった」

プリムは俺に抱きついてぐりぐりと頭を俺の胸に押し付けてきた。その頭を撫でてやっているとそのまま眠りにはいった。俺も寝ることにした。プリムは複雑な事情を抱えているらしい。

でも、最初の頃はともかく今のプリムは無理をせずに自分に素直に生きている。不思議だな、実の弟に殺されかかったのは許せなかったのに、プリムに殺されかけたことはもう既に許してしまっている。

「ああ、そうか。今のプリムからは信頼されているからか」

俺の実の弟のパルスは俺を信用していない、いやアイツは誰も信用していない。ただ、便利なら利用するだけだ、そこには価値が有る物か無い物かの区別しかない。謝罪の言葉すら空虚で中身がなかった。

「プリム、お前を信じてるからな」

俺はプリムを信じている、戦いながら背中を預ける姿を。時々、本気で甘えてくる姿を。悪いことをしたと悔やんでいる姿を。そして何より俺を信用してくれているこの小さな女の子を信頼している。だからこそ愛らしく思い、この子を守りたいと心が騒ぐ。

その日は何もせずに静かに宿屋で二人して寝ていた。プリムの熱はいつの間にか下がっていた。

そして、目が覚めたら前以上に遠慮せずに甘えてくるようになった。

「レイ、ケントルム魔国は魔国の中でも中心にある国でな。だから、人間との交流にも慣れていて多種多様な人族が住んでおるのじゃ」

「へー、どうりで通りや街並みが綺麗なはずだ」

「それぞれの種族が協力して良いところを活かしておるから、技術もずっと進んでいるのじゃ。二、三日で通り過ぎてしまうのが勿体ないのう」

「ボルカーン王国で用事を済ませて、気が向いたらまたくればいいさ」

「それもそうじゃの、今度のお楽しみだの」

「そうそう、楽しみはいっぱいあった方がいい」

たった三日間だけの滞在で俺たちはケントルム魔国を去った。奴隷制度もなく、人種によっての差別も少ない、とても素敵な国だった。

「次はいよいよ、ボルカーン王国か」

「レベル上げがはかどりそうだな」

「防具を作りに行くのではないのかや?」

「いや、プリムの剣もできるなら作っておきたい」

「それがどうしてレベル上げになるのじゃ?」

「知らないのか、いや俺も本でしか読んだことがない。まあ、行ってみればわかるさ」

あっという間に三日が過ぎて、俺たちはとうとう目的地のボルカーン王国へと辿り着いたのだった。

鉱山での戦い

「おおおおお!!　ここがボルカーン王国かや?」

「そうだ、ここがボルカーン王国だ。興奮するのも分かるが、まずは鍛冶屋をめぐってみるか?物の値段がわかるぞ」

　俺たちは無事にボルカーン王国に着いた、鉱山が立ち並ぶ地帯だ。歩いている種族にはドワーフが多い。ドワーフ族は鍛冶や防具などを作ることを得意としている種族だ。

「アダマンタイトの剣、金貨五百枚。オリハルコンの斧、金貨三百枚。ミスリルの剣、金貨三百枚とな!?　わ、我らにそんなに金があるのかや?」

「うーん、予算は金貨三百枚くらいだな。プリムにミスリルの剣くらいなら買えそうだけど、予備に一本欲しいところだな。俺もオリハルコンの剣で自分に合わせた剣が欲しい。というわけで、お仕事しに行くぞ!!」

　俺たちはボルカーン王国の冒険者ギルドに向かった。以前に本で見たことが真実ならあの依頼があるはずだ。

「よし、あったぞ。ボルカワーム退治、カーム鉱山。この依頼を受けていくことにしよう。金も稼げるし、運が良ければ欲しいものが手に入るぞ」

「ボルカワーム?」

「ワーム系の魔物で土と一緒に獲物や鉱物資源を飲み込んでしまう。高温を発していて退治するのが難しい、だがうまく退治して腹の中をかっさばけば望む鉱物が入っているかもしれないんだ」

「我の出番はあるのかの?」

「ワームを倒すのと解体は俺がやるが、プリムにも協力して貰わないといけないんだ」

「うむ、分かった」

俺たちは依頼を受けてカーム鉱山にやってきた。ボルカワームが出るというのでこの鉱山は一時立ち入り禁止になっていた。

「たった二人でボルカワーム退治をするのか!? この前きた冒険者は十人以上いたが、何人か食われてそれで全部逃げちまったんだぞ」

「やってみないとわからないだろ。あっ、ワームの中にある鉱物資源は退治した奴が貰っていいんだよな?」

「うむ、よかろうな?」

「ああ、あいつを退治してくれるんなら、腹の中の鉱物はあんたらのもんだよ。だが、本当に退治に行くのか。こんな子ども連れで!?」

「プリムはこれでも成人だぞ」

「うむ、我は十五歳だ」

鉱山前で散々そこのドワーフたちに止められたが、俺たちは無事にカーム鉱山の中に入ることができた。俺は索敵の範囲を円状に広げていくと、思った通り土の中をうごめく何かがいる。

「プリム、奴が出てきたら言ったとおりに!!」

「了解じゃ、レイ!!」

ワーム系の魔物で何が厄介かって、地中のどこから出てくるのか分からないのが怖い。だが、その問題は俺の索敵で解決済だ。俺は土魔法をつかって中にいるワームに攻撃を仕掛けた!!

ギュワアアアアアアアアァァァァ!!

ボルカワームは正確に俺の立っていた位置に飛び出てきたが、既に俺は場所を移動している。そこにプリムの氷魔法が炸裂する。ボルカワームの体が冷やされ近づけるくらいの温度になった。

「たあああああ!!」

この絶好の機会を逃がしてなるものか!! 俺はボルカワームが地面に潜り込む前にその頭を切り裂いた。ついでに体を捕まえて地中に隠れている部分を引っこ抜いてしまう。あとはお楽しみの解体時間だ、ボルカワームの体を縦に切っていくと消化器官の中から何かの金属の塊が幾つか見つかった。

「よっし、よくやったぞ。プリム!!」

「褒めて貰えたのは嬉しいが、なかなかえぐい光景じゃのう」

「慣れる、慣れる、あと数匹はボルカワームがいるみたいだからな」

「なんじゃと!?」

「討伐証明の部位として牙を引き抜いてっと、これでよし」

「うあああああ、なんだかぞわぞわ〜とするのじゃ」

鉱物資源だけ水で洗って乾かして『無限空間収納《インフィニットスペースストレージ》』に放りこんでいく。

あとはさっきの戦法の繰り返しだ、あいつらもまるっきり馬鹿ではないようだ。俺ではなくプリムを狙ってきた個体もいたが、俺が避けるように伝えて事なきを得た。結局、数日かけて十数匹のボルカワームを退治して、依頼達成とみなされた。

「ほらな、プリムがいて助かったぞ!!」

「レイは強いのう、我はああいう虫のようなものは苦手じゃ」

虫が苦手だなんてプリムも女の子らしいところがある。レベルも上がってギルドカードはこうなっていた。

名前　：レイ
レベル：178

年齢　：22
性別　：男
スキル：剣術、怪力、魔法剣、全魔法、獣の目、毒無効、気絶無効、麻痺無効、石化無効、睡眠無効、即死無効、魅了耐性、魔王の祝福、神々の祝福、龍王の祝福

名前　：プリムローズ
レベル：50
年齢　：15
性別　：女
スキル：剣術、全魔法、毒無効、石化無効、魅了耐性、龍王の祝福

ボルカワームの体から出た金属は鉱山のドワーフの知り合いに頼んでインゴットに加工してもらった。オリハルコンとアダマンタイト、それにミスリルが剣が何本か作れるくらいに取れた。あとは腕のいい鍛冶屋を探すだけである。

「しかし、いざとなると迷うよな。どの鍛冶屋も良いところがあって気になる」

「そういえば防具の方も作らんとな、ほれっ。ドラゴンの皮があったじゃろ」

プリムが何気なくそう言った途端、道を歩いていたドワーフたちが一斉に振り向いた。

新装備

「お嬢ちゃん、ドラゴンの皮の扱いだったらうちの店が一番さ」

「いやいや、うちの店は本物を扱ったことがあるよ」

「是非、本物のドラゴンの皮を扱わせてくれ。報酬だっていらないよ」

「うちもそうだよ、金なんていらないからドラゴンの皮を加工させておくれ」

「いいや、やはり伝統のあるうちの店こそ……」

　プリムがうっかりとこぼしたドラゴンの皮という言葉に、次々と武具屋らしきドワーフたちが集まってきた。結論から言うと俺たちはとりあえず逃げた。せっかく貰ったドラゴンの皮だ、どうせ加工するならじっくりと店を選びたい。

「おっ、この剣はいいな。振ってみた時にしっくりくる」

「ここの防具は細工が細かいのう」

「オリハルコンのフルプレートまであるのか⁉　うっわ、高過ぎる」

「値段が二桁間違っておるのではないかや」

「うーん、どの店も特色があって迷うなぁ」

「おお、この店にはドラゴンの皮の装備があるぞ」

「どの鉱石を使うかも考えものだよな、俺は硬いアダマンタイトの剣がいいけど」

「我はミスリルかオリハルコンの方が良いかの」

「値段が、値段さえ高くなければ!!」

「ほう、ここはなかなか腕が良さそうじゃ」

結局、鍛冶屋や武具屋を一軒、一軒ゆっくりと見てまわり、仕事が丁寧でこちらの要望を細かく聞いてくれる店に作って貰うことになった。

「こりゃ、すげぇ。本物のそれも上質のドラゴンの皮と鱗だ。これ、本当に使っていいんだな。代金にドラゴンの皮を分けてくれるってのも本当なんだな」

「ああ、良い防具をよろしく頼むよ」

「また採寸かえ、こそばゆいのう」

防具屋の方ではドラゴンの皮を一部譲るということで、代金を相殺して作って貰うことになった。なんと言っても一匹分のドラゴンの皮だ、多少譲ってしまってもまだまだ沢山あるのだ。

「アダマンタイトの剣とミスリルの剣だな。代金は残った鉱物と金貨三百枚だな、いいだろう。それぞれにあわせて一級品を作ってやろう」

「よろしくお願いします」

「ここでも採寸か、忍耐じゃな」

防具もそうだが剣だって体に合わせて作った物の方が使いやすい。プリムは絶望したような顔でまた採寸を受けていた。作ってもらうのは俺がアダマンタイトの剣が二本に、プリムがミスリルの剣が二本だ。一部はボルカワーム退治で手に入れた鉱物で支払い、残り金貨三百枚で作ってもらうことになった。

「ついでだから食事や雑事に使うナイフも買っておこう」

「そこは大事じゃぞ、美味い食事は大切なことだ」

野宿をする時にもナイフは何かと役に立つ。お金に余裕があることだし、二人で一本ずつオリハルコンのナイフを買っておいた。

「出来上がるまで一カ月か、どこかでレベル上げでもするかな」

「ゴブリンを狩ろう、どうせ奴らどこにでもおるじゃろ」

プリムの発言に俺はまさかと笑いかけたが、冒険者ギルドに行ってみればゴブリン退治が本当にあった。ドワーフの女の子は小さいから攫われやすいそうだ。

ぎゃいあああぁぁぁぁぁぁぁ!!

「ええい、女の敵め!! 全滅するがよい!!」

「……プリムがやる気になってるのはいいけど、凄く怖い」

もちろん、助けが間に合う場合もあれば、間に合わない時もある。しかし、退治しないよりははるかに状況はよくなるのには違いない。

「ボルカワーム退治依頼がまた出ているな」

「ヒッ!? わ、我はあれは苦手じゃ～～」

プリムは嫌がったがボルカワーム退治はいい稼ぎになるので、遠慮なく魔法と剣で片っ端から倒させて貰った。

このそこそこに強い敵を倒す感覚、一瞬も油断できない雰囲気。俺のレベル上げという趣味にぴったりの獲物である。

「倒すだけでよかろう、解体はいいのではないかや?」

「いや、この中には大事なお宝が眠っているんだ」

倒したボルカワームを解体していく作業をプリムは嫌がった。虫というより蛇やミミズが苦手なのかもしれない。

「プリム、いいな。新装備に新しい剣」

「うむ、もうワームは狩らなくていいのだな。もう、夢の中にワームは出て来んのだな」

この一カ月でボルカワームを相当倒したので、一気にレベルが上がっていた。おかげでボルカワームもさくさく倒せたが、あれは普通なら複数のパーティが集団で挑むくらい強い魔物だ。ギルドの職員さんからは真剣な顔でここに移住しないかと聞かれたくらいだ。

俺たちの現在の強さはこんなところである。

名前　：レイ
レベル：193
年齢　：22
性別　：男
スキル：剣術、怪力、魔法剣、全魔法、獣の目、毒無効、気絶無効、麻痺無効、石化無効、睡眠無効、即死無効、魅了耐性、魔王の祝福、神々の祝福、龍王の祝福

名前　：プリムローズ
レベル：62
年齢　：15
性別　：女
スキル：剣術、全魔法、毒無効、石化無効、魅了耐性、龍王の祝福

やはりプリムよりも俺のほうがレベルの上がりが良い。これは祝福系の力であると思う。

これは当初の予定どおりスキルについて研究している、スティグマタ国へ行ってみるべきだろう。

「プリム、次はスティグマタ国へ行ってみたいんだけど」

「どこでも良いぞ、ただしもうワームは本当に勘弁してくりゃれ」

すまん、そこまでワーム系の魔物が苦手だったとは思わなかった。

必要な強さ

「はあああ!!」

俺は気合を入れて、一度に二匹のオークを切り裂いた。新しいアダマンタイトの剣は俺に合わせて作ってあるのでやはり使いやすい。

「とやあああ!!」

プリムも風の勢いを借りて跳躍し、オークを両断しようとした。しかし、いかんせんプリムの体は軽すぎて最後まで刃が通らなかった。俺は慌ててプリムの相手をしていたオークの頭を切り飛ばした。

「むう、良い装備だが我には使いこなせんのう」

「そんなことはないさ、実際にゴブリン退治だったら役に立っただろう。剣に魔力を流すのに慣れれば、オークも斬り殺せるようになるさ」

プリムが使っているのは魔力を通すことができるミスリルの剣だ、剣にまとわせる魔力が多いほどにその切れ味は増していくようになっている。

オークの集団を始末して、俺たちは昼食をとることにした。『無限空間収納《インフィニットスペースストレージ》』から必要な物を出して、いつものように俺が料理していく。

「我が野菜を洗うがや」

「うん、任せた」

最近はプリムも少しずつ料理を覚えようとしている。魔法で出した水で丁寧に野菜を洗う。基本的に口に入れる水は魔法で生成する。川の水をそのまま飲んだりすると、運が悪ければ腹痛や死に至ることもある。どうしても川の水を使うときは一度煮沸させることにしている。

料理のほうは贅沢な話だがオリハルコン製のナイフで野菜や猪の肉を切っていく。今日も野菜入りスープと猪肉の串焼きだ。できあがったら二人でさっそく食べ始める。

「今日もレイの料理は美味いのう、どうして街の料理はああ不味いのだろうか?」

「あー、街の料理屋にもよるけど、まず肉が貴重だからだな。それに量を増やす為にふすまなんかが入ってることが多いな」

「むう、肉は貴重なのか」

「街に住む者にとっては貴重品だぞ。大きい街なら冒険者が食肉用の肉をとってくる依頼を受けるが、小さい街では金が無いからそんな依頼自体が少ない」

「街にいるより森にいるほうが贅沢できるとは不思議な話だの」

「鳥や豚、牛を育てる場所がないからな。どうしても肉は狩猟に頼らざるを得ない」

ひと昔前は街の中で豚を放し飼いにしていたこともあった。しかし糞の問題など衛生的なことが原因で最近ではほとんど見られない。街より村のほうが家畜は多いくらいだ。

「街より村の方が家畜が多かったりするが、ほとんどは売却用だな。あとは冬を生き残る為の保存食になる」

「気軽に肉は食べられないのだな」

「街の方が食べる機会が多いものもあるぞ、パンなどは焼くために専用の道具が必要だから俺もさすがに作れない」

「……あの黒いパンは嫌いじゃ、硬いからすごく食べにくい」

「黒パンはスープに浸すか、スープで煮込んでから食べるんだ」

「むう、次食べる時に試してみよう」

そんな会話をしているうちに昼飯を食べ終えた。食べる物は毎回少しずつ変えるようにしているがもっと新しい調理法を知りたいところだ。

「それじゃ、レベル上げもこのあたりで切り上げて街に戻るとするか」

「うむ、今日は街に泊まって、明日は駅馬車じゃな」

現在俺たちはボルカーン王国を出て、スティグマタ国へと向かっている最中だ。駅馬車に乗りっぱなしもつまらないので、新しい剣の練習もかねてこうしてオーク狩りなどをしている。

「オークは顔が豚じゃし、食べられないのかのう」

「うっ、迷宮とかでどうしても食べ物が無い時は食べたりするらしいぞ」

「美味いのか!?」

「生臭いのと筋が多いので食べられはするが、あんまり美味しくはないと本にはあった」

「なんだ、残念じゃのう」

「美味かったら食べるのか、オーク!?」

まぁ、人間は美味いものに弱い生き物だから、実際に美味しかったらオーク料理も広がるのかもしれない。プリムみたいに美味しいものに貪欲な人物はどこにでもいる。

「レイ、疲れたので運んでおくれ」

「鍛錬になるからいいぞ、しっかりと掴まれ」

俺は甘えて背中に乗ってきたプリムを背負って近くの街へ向かう。プリムは最初は歌など歌っていたが途中で眠ってしまった。疲れているのは本当らしい。

「少しずつ体力をつけないとな、なぁプリム」

「むにゃ、うむ」

プリムはどうも子どもの頃に充分な栄養が得られなかったせいで身長が低い。体だってとても軽くて同年代の子どもと比べれば小さい。

どういう環境で育ったのかは大体想像がつく。最低限しか食事が与えられずに碌に体を動かすこともできなかったはずだ。

最初に会った時、プリムのレベルは1だった。成人の平均的なレベルが10というこの世界でそれはとても異常なことだった。

「我はもっと強くなるのだ、むにゃ」

「そうだな、もっともっと強くなろうな」

プリムは最初俺を殺しにきたと言った。レベルが1の獣人にさせることじゃない。完全な捨て駒だったわけだ、俺はそのことを忘れない。

プリムを利用して俺を傷つけさせようとした者がいる、俺も彼女もまだまだ強くならなくてはいけないようだ。この優しいぬくもりを守る為には強さがいる、俺は宿屋までそんなことを考えながらプリムを背負って歩いた。

独り立ち

　スティグマタ国へ行く途中、ケントルム魔国で俺は冒険者ギルドの依頼表を見ていた。プリムにも普通の依頼の受け方を教えた方がいいだろう。今日は駅馬車に乗る予定だったが、変更して依頼を受けてみることにした。

　プリムを守ることとは別にしてその成長を促していかねばならない。プリムの成長はとても早い、いずれ俺など必要なくなるはずだ。しかし、どんな依頼を受けた方がいいものだろうか。

　討伐依頼などは多分今のプリムでも相手を選べばできるだろう、それならば採取依頼を受けてみるか。

「プリム、このエテルノ草の採取依頼を受けるからギルドカードを貸してくれ」

「うむ、分かった。レイが依頼を受けるとは珍しいのう」

　こうして俺たちはギルドで依頼を受けて、まずはギルドの図書室でエテルノ草がどうゆう薬草かプリムに調べさせてから出かけることにした。

「……レイ、あったぞ。エテルノ草じゃ、美容薬に必要な薬草でワイバーンの住む山の高いところにしか生えていない」

「よっし、よくやった」

プリムは字を読むのが苦手で調べるだけでも時間がかかった。しかしきちんと必要な情報を探し出すことができた。

「レイ、こそばゆいのじゃ」

「それじゃ、止めておこう」

「いや、止めんでいいのじゃ」

「……どっちなの」

きちんとエテルノ草を大図鑑から探し出したプリムの頭を撫でてほめておいた。プリム自身は嬉しそうに狼の尻尾を揺らしていた。その様子がとても可愛らしいので、つい長いこと頭を撫でてしまった。

「それじゃ、依頼書にあったプールス山へ行くぞ。その前に携帯食糧などを買い込もう、今回はプリムに任せる」

「分かったのじゃ、今回はやることが沢山あるのう」

依頼書を見てすぐに飛び出すのは新人以下だ、まずは食糧など必要なものを買ってから出かけなくてはならない。

「干し肉などの携帯食糧じゃな、水は魔法で出せるからなんとかなろう」

「まぁ、そうだ。それぐらい買えばいいだろう。良く出来ました」

「はうぅ、くすぐったいのう」

プリムはいつも俺の買い物につきあっているから、きちんと必要そうな食糧を買っていた。また、頭を撫でてやったらプリムが紅い顔で可愛く笑っていた。

ただ、買い物の方ではプリムは『無限空間収納《インフィニットスペースストレージ》』の魔法がまだ使えないから、今後は食糧の重さなどにも注意をしていかなければならない。……そのあたりはまた、今度教えていけばいいだろう。

「それじゃ、山登りだ。行くぞ、プリム、地図を見て方向を教えてくれ」

「うむ、目的の場所はこちらの道じゃ」

こうして俺たちはプールス山へエテルノ草を採りに山へと入っていった。森と山とではまた歩き方が違う、俺は慣れていたがプリムはまだまだ苦戦しているようだ。

「レイ、足が疲れたのじゃ」

「そうか。それじゃ、休憩とするか」

「珍しいのう、いつもならレイが我を背負っていくのに」

「……俺も久しぶりの山登りで疲れているんだ。足を見せてみろ、傷はないな。こういう時はこれを使う」

「それはポー草ではないかや。ほう、足の疲れがとれるのじゃ」

ブーツを脱がせてプリムの足を確かめる。少しだけポー草という薬草を絞って足にすりこんでおいた。こうしておくと足の疲れがとれやすい。元々ポー草は体力回復に使われる薬草で、草原や山々などいたるところに生えている。

こうして途中で何度も休憩をとりながら、俺たちはプールス山の目的地に辿り着いた。ここでエテルノ草を採るわけだが、ここ一帯はワイバーンの縄張りだ。

「プリム、薬草を採りながら頭上にも気をつけろ。下手するとワイバーンに攫われるぞ」

「ただの薬草を採ればいいというわけではないのじゃな」

プリムはエテルノ草を採りながら、ちらちらっとワイバーンが出てこないかと警戒していた。

「我が魔法を受けてみや!!」

一匹だけワイバーンが寄って来た時にも、きちんと雷の魔法で追い払うことができた。今のプリムではワイバーンを一撃で仕留めるほどの魔法はまだ使えないようだ。

次からは依頼を選ぶところからやらせてみよう。今回の依頼はちょっとプリムの力量では不安がある。

「レイ、依頼どおりの数が採れたのじゃ」

「俺も採ったからこれで数は多いくらいだな、薬草の状態もとても良い」

帰り道ではプリムに採った薬草を持っていかせた。冒険者ギルドに帰るまでしっかりと採取したものを持って帰るのも大事なことだ。

冒険者ギルドにつくとプリムは受付に薬草を持っていき、きちんと依頼料と多く採ってきた分の買い取り料を貰ってきた。

「よし、今回はプリム一人でほとんどできたな」

「我もいろいろ学んでおるからじゃ」

「明日は、プリムに依頼を選んで貰おう。それも勉強だ」

「……我が依頼を選ぶのか？」

「そうだ、その後は今日と同じようにすればいい。ああ、でも買い物は『無限空間収納《インフィニットスペースストレージ》』をプリムは持ってないから、買う量に注意が必要だ。いずれは俺がいなくてもいいようにしておかないと」

「……レイは、……レイは、我を捨てるのか!?」

プリムが悲鳴のような声を出した。冒険者ギルドの中でその声は良く響いた。

命の重さ

「レイも我が要らないのかや、我が役立たずだからか。弱くてレイに頼りきりだからかや、今度はもっと上手くできるのじゃ、だから、だから、どうか我を捨てないでおくれ。うぅ、ひっく、ううぅぅぅ」

「俺がプリムを捨てるわけがない、ちょっとプリムの将来の為に勉強をさせただけだ。プリム、プリム、話を聞いてくれ、そんな泣かないでくれよ」

プリムが冒険者ギルドのど真ん中で、声を殺して泣きだしたものだから俺は慌てて弁解しようとした。

「やっぱり我は要らない子なのじゃ、我は要らない。だから捨てられるのじゃ、うううぅぅ、ひっく、うっく、うぅぅぅう」

「プリム、話を聞いてくれって。ああ、もう行くぞ」

でも、プリムは泣いてばかりで俺の話を少しも聞く様子がなかった。仕方なくプリムを抱えて注目を浴びながら冒険者ギルドを後にした。

「ううぅぅ、ひっく、捨てられるのは嫌じゃ。うぅ、我はレイと離れるのは嫌なのじゃ」

「分かった、分かってるからプリム」

「ちょっとその子どうしたの？　いい大人なのに女の子をいじめちゃ駄目よ」

幸い宿屋には連泊していたので、プリムが泣いていても部屋に戻ることができた。これが初めての宿屋だったら、誘拐などと疑われて泊まることができなかったかもしれない。

「プリム、話をしよう。聞いてくれ、プリム。なぁ、俺はお前を捨てるつもりはないぞ」

「で、でもレイは、うう。我と一緒にいなくなるのじゃ、要らないのじゃ。我はもうここでも要らないものなのじゃ」

プリムは宿屋に帰ってからも、静かに泣きっぱなしで話を聞いてくれなかった。これはもう今日は話をするのは無理だと思って、プリムを抱き込んでベッドで眠ることにした。

「我は要らないの、要らない、要らない子なのじゃ。レイ、レイ、捨てないでおくれ。次はもっと役にたつ、我は、ひっく、うぅぅぅ」

「俺はプリムを捨てないよ。でも一人でも生きていけるように、プリムを強くしたいだけだったんだ」

翌朝、起きたらプリムの目は真っ赤に腫れ上がっていた。魔法で冷やした濡れた布を当てておく。その後はプリムの頭や耳をベッドに横たわったままずっと撫でていた。

しばらく経つとプリムも目を覚ましたようで、恐る恐るこちらに話しかけてきた。

「……レイ、…………我はいつから要らない子になったのじゃ？」

「プリムは俺の大切な仲間だ、要らないなんて言っていない」

「では、どうして一人で生きていけるようにするのじゃ？」

「それはプリムがもう大人だからだ、いずれは俺の傍から離れるかもしれないだろう」

「我がレイの傍から離れることはないのじゃ」

「これから何があるか分からないだろう、俺だって死んでしまうかもしれない」

「レイが死ぬのなら我が助けるのじゃ、だからレイは我より先に死ぬことはない」

「プリムが助けてくれるのか、俺がどんな状態になっても？」

そこでプリムは瞼《まぶた》にかけられていた布をとって俺を見た、真剣な瞳でこう言った。

「たとえレイが手を失っても、足を失っても。それで動けなくなったとしても、我はレイの傍にいたいぞ」

「……………そうか」

俺はプリムの覚悟に驚いた、今までそんなに俺のことを想ってくれた者はいない。だが、プリムは違う。この優しくて一途な仲間はそこまで俺を想ってくれているらしい、こんなに深い感情に俺は応えることができるだろうか。

「それなら、プリムはなおさら一人でも生きていけるようにならないとな」

「何故じゃ、我はレイとともにずっとおるぞ」

「俺が動けなくなってもプリムは傍にいてくれるんだろう、だったら俺の分も二人分プリムは働かなきゃいけなくなる」

「そうか、それは気づかなんだ!!」

まだ少し目が腫れているがプリムは嬉しそうに笑った。笑って何でもないことのように言った。

「そうじゃ、レイが動けない時には我が代わりに働くのじゃな」

「だけど大変だぞ、二人分だからな」

「我はこれからもっと強くなるのじゃ、昨日はすまなんだ。これからもいろいろ教えておくれ」

「ああ、プリムが困ることが無いようにいろいろ教えるからな」

「うむ、レイ。ありがとうなのじゃ」

「……どういたしまして」

今までも思っていたがプリムは一途で危うい、このままでは独り立ちなどできはしないだろう。何かあったら本当に俺を庇って死んでしまいそうだ。

一体どういう育ち方をしたら、こんな子どもが育つのだろうか。とにかくプリム相手に『要らない』は絶対に言ってはならない言葉だとわかった。

「レイ、お腹が空いたぞ。我が朝食を作ろうか?」

「いや、その前に水浴びをしよう。俺たちは山から帰ってそのままの格好だ。これで厨房に入ったら怒られるかもしれない」

「それもそうじゃな、レイ。また我の髪を洗っておくれ」

「いいぞ、プリムも俺の背中を流してくれよな」

俺の命はいつの間にか俺のものだけではなくなっていた。この狼少女を拾って以降、いつからだったかは分からない。だが、俺がもし死んだらプリムも間違いなく死ぬだろう。

「プリム、俺はもっと強くなるからな」

一度はプリムの為に強くなると決心したはずだった、だが俺にはまだ覚悟が足らなかったようだ。

「レイが強くなるなら、我ももっと強くなるのじゃ」

「そうだな、プリムも俺に負けないくらい強くなって欲しい」

俺はプリムを自分のせいで殺したくない、俺の命にはプリムの命もかかっているようだ。依存に近いものなのだろう、プリムをもっと強く鍛えよう。そして、広い世界を見せるのだ。そうすればきっと、プリムは自分の命をもっと大切にしてくれるだろう。

大教会

「おお、ここがスティグマタ国か。小さいが綺麗な国よのう」

「そうだな、さて大教会はどこだろうか」

俺たちはスティグマタ国の都へと来ていた。ここではスキルの研究が盛んだと聞いている。俺のプレートにある謎のスキルや、常識外れのレベルについて何かわかるかもしれない。

「レイ、教会というのは何を信仰しているのかや？」

「人間を作った全知全能の神さまだと聞いている、だから教会は人間の国に多い」

教会が信仰しているのは名も無き神である、その神様とやらが人間を作ったと言われている。そのおかげで信徒は人間が多い。プリムのような獣人でも信徒にはなれるが人間よりも扱いが悪くなるらしい。ちなみに魔族は信徒にすらなれない。随分と偏見が強い宗教だと思う。

「あー、すいません。俺たちは大教会に行きたいんだが、どこにあるんですか？」

「大教会なら都の中心、あの大きな建物よ。この道を行けば辿り着けるわ」

歩いている人に大教会の場所を聞いてみる、すると都の中心になる一番大きな建物だということが分かった。行ってみれば様々な者たちの長蛇の列が出来ている、スキルにはいろいろあるから相談する者が多いんだろう。俺たちは列の最後尾に並んで順番を待った。

「プリム、暇だから魔法の訓練をしよう。これができるか？」

「おお、これは可愛いらしいぞ」

俺は指先から氷を作り出し、ちょいちょいっと形を整えて氷のペガサスを作ってみた。以前、馬を気にいっていたプリムは俺が作りだしたペガサスを見てとても喜んだ。

「ああああ、溶けてしもうた。…………よし、我がもっとカッコよく作るのじゃ」

「細かい魔力操作の練習になるから頑張れ」

見本のペガサスは溶かしてしまうとプリムから残念そうな声があがったが、すぐに自分で作ることにしたようだ。魔力を器用に操作しながら、豚らしきものを作り出した。

「これは豚か？」

「馬じゃ!!」

実はこの魔法、魔力の操作が非常に難しい。小さな魔力操作の練習にはもってこいの魔法なのだ。

その後もプリムは様々な馬らしきものを作りだした。俺も対抗して兎や狼など様々な動物を作って時間を潰した。

半日ほどの時間が過ぎて、ようやく俺たちの順番になった。献金をしてから、プリムと一緒に一つの部屋に入っていく。

「ようこそ、迷える人よ。今日はどのようなご用件でこちらに？」

「その前に聞いておきたい、ここでの出来事は内密にできるんだろうな」

「うむ、秘密の話なのじゃぞ」

「ご安心ください、どのようなスキルを見たとしても私たちがそれを他に洩らすことはございません」

「それなら、いいが」

「うむ、安全が大事」

俺はその教会の神官に自分のギルドカードを見せてみた。にこにこと笑っていた神官だったがギルドカードを見たとたん、顔色がはっきりと変わるのが分かった。今の俺のギルドカードはこうなっている。

名前　：レイ
レベル：197
年齢　：22
性別　：男
スキル：剣術、怪力、魔法剣、全魔法、獣の目、毒無効、気絶無効、麻痺無効、石化無効、

睡眠無効、即死無効、魅了耐性、魔王の祝福、神々の祝福、龍王の祝福

「俺たちに分からないのはこの祝福系のスキルなんだが」

「ああ、神よ!!」

俺がさっそく聞きたかったことを問うと、神官は天を仰いでしばらくの間そうしていた。それからハッとこちらを見て、また笑顔になって話し始めた。

「祝福と名のつくスキルは様々な恩恵を受けられます。魔王の祝福であれば魔法系の成長を促し、神々の祝福は全体的に能力が向上します。龍王の祝福は体が頑強になり、人間以外との種族と交流しやすくなります。そして、どの祝福でもレベルが上がりやすくなるのです。また神の祝福、神々の祝福では稀《まれ》に神の声を聞いたという話もあります」

「……そうか、聞いた限りじゃ悪いスキルでは無いんだな」

「良かったな、レイ。我も安心したぞ」

とここで神官はお茶でも出しましょうと一度席を立った、俺たちは今まで分からなかったスキルのことが判明して安心した。

神官は茶器を一式持ってきて俺たちに勧めた。喉が渇いていたので、遠慮なく一杯ずつお茶を頂いた。少し甘いが悪くはない味だ。

「レイ様と申されましたね。貴方のスキルはとても貴重なものがありますが、それよりも貴方には大切なことがあります。貴方は到達者をご存知ですか?」

「ああ、レベルが99になった者たちのことだろう。もうそれ以上は成長しないのだと聞いたことがある」

「我も到達者を超えられればいいのう、レイと共にもっと強くなりたいからのう」

プリムはそう言って座っている俺にもたれかかってきた、約半日外で立ちっぱなしだったから疲れているんだろう。俺はプリムの好きなようにさせておいた。

「到達者を超える者は神に選ばれた者たちです、貴方にも神々の祝福があるでしょう。そういった方々は神官騎士となって、この大教会にお仕えすることが多いです。あるいは故郷に帰られて、教会の代表を務めるかたもいます」

「へー、俺以外にもやっぱりレベルの枠組みから外れている奴がいるんだな」

「うむぅ、ふぁ~あ」

心のどこかで自分は特別だと思っているところがあった。だが世界は広い、俺のような人間がどこかに沢山いるようだ。

「それでどちらになさいますか?」

「はぁ?」

「うむ?」

神官は嬉しそうに笑って目を細めながら俺たちを見る。ひどく断定的な言い方をし始めた。

「ですから神官騎士となって大教会に仕えますか、それとも故郷に帰られて教会の代表になられますか？」

「いや、俺はどっちにもなる気はない」

「そうだ、レイはどちらも……ない……」

そこで俺は気づいた、プリムの様子がおかしい。いくら疲れていたとしても、こんな重要な選択の場面でいきなり眠り込むようなことはしないはずだ。

「おい、プリム!!　プリム!?」

「ただの睡眠薬ですからご安心を、その子には後で孤児院を紹介したいと思います。レイ様自身の望みの妨げにならないようにしたのです。それでは神官騎士と故郷での教会の代表者、どちらの選択をされるのでしょうか？」

背筋をゾッと冷たい感覚が走って、俺はプリムを背負うと相談をしていた部屋から飛び出した。

そこには、既に鎧を着こんだ神官騎士たちが待ち構えていた。

逃亡

「そこをどけ!!　俺は神官騎士なんかにはならないぞ!!」

　俺の言葉にざわめく神官騎士たち、その隙に風の魔法でその頭上を飛び越えた。そして、人ごみにまぎれてそのまま彼らを振り切ろうとした。

「彼を捕まえてください、彼はあの魔性に操られているのです」

　先ほど話した神官のくだらない嘘が聞こえてくるが、無視して俺とプリムはスティグマタ国の都の雑踏にまぎれて逃げた。

　そのまま都を出ていく。門兵も出ていく者にはほとんど注意を払わない。まだ、俺たちのことは連絡がきていないようだった。

「これからどうしたものか」

　背中にプリムを背負ったまま、とにかくスティグマタ国の都から遠ざかろうと道を駆けた。途中で日が暮れてしまったので今夜は野宿である。

「……レイ、我はどうしたのだ。いきなり睡魔がきてのう」

「プリム、大丈夫か!?　あのくそったれ神官に一服盛られたんだ、体の調子はどうだ。どこかおかしなところはないか?」

「うむ、沢山眠った以外はおかしなところはなさそうじゃ」

「そうか、それは良かった」

そのまま、俺たちは用意した夜食を食べた。熱いスープと肉を食べているうちに元気も出てきた。プリムには彼女が眠ってしまった後のことを話しておいた。

「大教会というところも信用ならんの」

「ああ、神官騎士になれとか意味がわからん」

「よいのか、レイ?」

「何がだ?」

「その神官騎士になればレイの両親も、レイのことを見直すのではないかや?」

「ハッ、今更見直されても仕方ない。廃嫡された時点で俺はあの家とは縁を切っている」

「……我が邪魔ではないのかの?」

「プリムのことが邪魔なわけがない、今では俺の大切な仲間だ」

「ふふふ、そうか仲間か。嬉しいのう、良い気分だ」

「そうか」

そこからはプリムに見張りをしてもらって俺は睡眠を取らせて貰った。途中で交代して翌日の移動に備えた。

「ここからならボルカーン王国か、ケントルム魔国に入った方がよさそうだな」

「それならばケントルム魔国の方がよかろう、なんといっても教会自体がないからのう」

俺たちの目的地は決まった、次の街までは俺がまたプリムを背負って走って連れて行った。門をくぐる時にも門兵に止められることも無かった。俺たちを引き離そうとしたのは、あの神官の独断だったのかもしれない。

一応、二人してフードを深く被り、駅馬車でケントルム魔国へと移動を開始した。旅の間は魔力操作の練習もわすれない。

「はあああ!!」

「凍りや!!」

時々、旅を休んでオークやオーガなどを狩った。もうすぐ冬がやってくるし、その準備の為だ。今度の冬はケントルム魔国でずっと過ごすつもりだった、金銭を少しでも多く稼いでおきたかった。

そして、旅は続いてようやくケントルム魔国への国境が見えてきたあたりで異変が起こった。鎧こそ着ていないが神官騎士とやらが数名、国境沿いにいるのだ。

「どうする、プリム。引き返すか?」

「街道をそれて、こっそり突破するほうが良いかの」

俺たちは気づかれないように道を引き返して、森の中に入ろうとした。その途端に声をかけられ

初回版限定
封入
購入者特典

特別書き下ろし。

その名を呼んで

※『勇者のお兄さまは、ある日オオカミ少女を拾いました!!』をお読みになったあとにご覧ください。

EARTH STAR NOVEL

その名を呼んで

「プリムの最初に着ていた服って劣化がひどいけど、元は良いものみたいだな。どうする、持っておくか?」

「…………どうでもよいのじゃ」

今までいた場所から突然放り出されて我は混乱しておった、目の前の優しく話しかけてくれる存在にもどう接していいのかわからなかったのだから。

我の名はプリムローズ、いろいろあってレイという青年に拾われた。我の白い髪や赤い瞳と違って、茶色い髪と同じ瞳をしている。それが珍しくない色だと後にわかった、我のような色彩を持って生まれるほうが珍しいのだと人々の視線で分かった。

「プリム、わかったか。いざという時には俺が片付ける、やってみろ」

「うむ、わかったのじゃ」

我を拾った青年、レイはいろいろと世話をやいてくれた。我に親切にしたところで何も見返りはないというのにこれは異常じゃ。そう思って我は最初のうちは少し警戒しておった。食事を貰っても拒まなかったのはそれが毒でも別に構わなかったからじゃ、それで死んでも我には未練というものがなかった。

「ゴブリンの急所は何度もいうようだが喉や心臓だ、プリムには喉の方がかき切りやすいだろう」

「わかったぞ、人間」

このレイという人間に拾われてから、我はほとんどその言われるがままに動いていた。レイという人間はレベル上げが楽しいらしい。レイに出会

「うむぅ、わかったぞ。人間」

レイは変わった人間じゃ、我がどんなにおかしな言葉遣いでも叱ったりしなかった。捨てられるまで居たところでは我の言葉遣いは嘲笑の対象だった。いつもそのことで笑われたり、馬鹿にされたりしたものじゃ。

「プリム、しっかりつかまっていろよ」

「わかったのじゃ、人間」

この人間はゴブリンなどのモンスターを巧みに狩るが、最初の頃は我は青年に抱えられてその狩りの場にいることになった。我が弱弱しい存在だったからだが、その時の力強い青年の腕の感触は心地よいものだった。

我と青年は種族も違う、青年にとって我は厄介なお荷物だったはずじゃ。それでもそれを全く感じさせない青年の態度に我は期待してしまった。夜も一緒に寝ていたのだが、次の日の朝に我は思ったモンスターは見事な剣技が魔法の餌食になった。

「プリムも強くなったな、えらいぞ」

「むぅ、頭をそう触われるとむむむむ」

レイという人間は美味しいご飯を作ってくれ、清潔な衣服を用意し、そして我を今よりも強くと鍛えてくれていた。拾われた当初はその国の孤児院のことなど聞いていたはずなのに、我はそんな場所に置き捨てられはしなかった。

「美味い、美味いぞ。人間」

「うん、わかった。プリム、もうちょっと落ち着いて食べような」

レイの作ってくれる食事が美味しいものだから、我はいつも限界まで食べるようになった。今まで碌に食事を与えられてないせいもあった、それでついいつも食べ過ぎてしまうのだ。

「耳のあたりもしっかりと洗うんだぞ、プリム」

い切って言ってみた。

「き、今日も狩りをするのか？レイ」

今まで散々人間呼ばわりしていた青年を初めて名前で呼んでみた。叱られるだろうか、今頃と呆れられるだろうか。我が内心で震えながら待っていたら、人間はレイは珍しくにっこりと笑いながら返事をした。

「うん、今日も狩りをするつもりだよ。プリム」

その笑顔や気のせいかいつもより柔らかい声を聞いて、全身がかぁっと熱くなった。このような感情は久し振りだった、感情の名は歓喜。

「人……レイ、ゴブリンに止めを刺し終わったのじゃ」

「おお、えらい。えらい。それじゃ、次の群れを探すか」

レイのことを名前で呼ぶようになったら、彼の表情も随分と柔らかいものになってきた。それまでは親切だが、どことなくぎこちない笑顔だった。それが加速度的に柔らかさを取り戻しているようだった。だから、我はレイの名を呼び続ける、そのぎこちない笑顔が柔らかくなっていくのが嬉しいのじゃ。

我の身がこれからどうなるのかは分からぬ、だがこの不器用で優しい青年といれば我自身も変わっていけるのではないかと思った。この早くなる胸の鼓動のように、変わっていけるのではないかと思ったのじゃ。

「プリム、それじゃ。もうそろそろ行くぞ」

「わかったのじゃ、レイ。我も行くぞ」

先のことは分からぬ、我はいつかこの選択を後悔するのかもしれぬ。でも、今この時は我の名を呼ばれてレイの名を呼ぶことに喜びを覚えてその背を慌てて追いかけたのじゃった。

た。

「レイ・ガルネーレとそのお連れさま、どうか私たちと一緒に来て頂きたい」

「大人しく来れば、何もしないと約束しよう」

どこに隠れていたのか俺の索敵にもひっかからなかった、殺気がまるでなかったからか。俺たちはすっかり神官騎士に囲まれていた。

「……大人しくついていけば、危害は加えないと？」

「ああ、この神官騎士部隊長ステイツがそう神に誓おう」

嘘や偽りを言っている様子がないので俺はその言葉に迷った、プリムは俺の服を握って頷いて判断を俺に任せるつもりのようだ。

「面倒くさいなー、もう戦って持って帰ればいいじゃん」

「レクトゥス、勝手な行動は慎め!!」

「オレが戦ってみたいんだよ、オレって神官騎士になってから一度も全力が出せてないからさ」

「俺たちの任務はレイ・ガルネーレとその仲間を保護することだ」

「それじゃ、あとで懲罰でも解雇でも勝手にすれば？」

「――――ッ!!」

その次の瞬間には俺は剣を抜いて、レクトゥスと言う奴の剣を受け止めていた。速い、今まで戦ってきた誰よりもその剣は速かった。

「おっ、さっすが神官騎士に推薦されるだけのことはある」

レベルが上がってから俺とまともに戦える人間はいなかった。しかし、この男は違った。最初の一撃も警戒していたからこそ、なんとか受け止められたのだ。

「なかなか強いじゃん。オレの後輩にしてやるよ」

「俺は神官騎士になんかならない!!」

そのまま、何度か剣をまじえる。確かに相手は強いが何度か剣を交わせばその速さにも慣れてきた。俺は一段と速さと強さを上げて相手の剣を弾き飛ばした。このくらいの腕前なら勝つのは難しくないが相手は複数だ、この強さの数人を相手に俺は戦えるだろうか。

「うっそっ、オレ相手でまだ余裕おありってやつ?」

レクトゥスという神官騎士は驚いたように弾かれた自分の剣を見たが、次にこう笑って言い放った。

「でもステイツ隊長相手だったらどうかな、そんなに簡単に勝てねぇよ?」

信念

「いい加減にせんか、レクトゥス!! 重ね重ね教会の者が無礼をして申し訳ない、どうかデピュテ神官様にお会いして貰いたい。神官様はこの近くの街で貴方方をお待ちしている」

「…………俺たちに危害を加えないなら」

「レイが行くのなら、我もゆくぞ」

俺たちは一旦ケントルム魔国へ行くのを諦めて、スティグマタ国の近くの街まで引き返すことになった。

そうしたのは複数の神官騎士に勝てるかどうかわからなかったからだ。いざとなったらどうにかプリムだけでも逃がしてみせようと思っていた。

俺たちは黒い馬車に乗せて貰い、しばらく馬車に揺られて着いたのはその街の教会だった。

そこでは六十は超えているだろう老人の神官がそこで祈りを捧げていた。俺たちや神官騎士に気づいてこちら側を振り返った。

「ようこそ、超越者よ。まずはお話を聞いてくださることに感謝します、私はデピュテと申します」

「話を聞くだけかもしれないぞ」

「うむ、薬を盛るなんて集団信じきれない」

俺とプリムの喧嘩腰の挑発も、ゆったりとした笑顔で微笑むだけで何も言われなかった。

「本来ならばお茶でも用意したいところですが、今回は止めておきましょう。ただ、私の話を聞いてください。レベル99まで上げた者のことを到達者と言いますが、それ以上にレベルを上げられる者のことを私たちは超越者と呼んでいます」

「…………それで？」

「レイが珍しい強さを持つことはわかった」

「超越者は国に数人いるかどうか、教会では積極的にその超越者を集めています。彼らを神の軍団だと信じているからです。その理由としては多くが神の祝福、もしくは神々の祝福を持つからです。ですから教会の者にはお気をつけください」

「忠告はありがたいが、その程度の話ならわざわざ聞くまでもなかった」

「むう、時間は有限」

「私は超越者たちが世間に馴染めず、隠れ住まなくていいようにしたいのです。そのために神官騎士という位をあたえています。しかし、一部の過激派は超越者を神から与えられた道具としか見ていません。今後、教会の者と接触する時のためにこれをお使いください。私を信頼して持っておくなり、捨てるなりご自由にしてください」

「これは俺たちのことを教会が保証する身分証か」

「うむ、何かあった時に便利かも」

「またお身内の方にもお気をつけください、既にあなたのご実家ガルネーレ家に教会の者が手をまわしています。ご実家には帰られないほうがいいでしょう。お帰りになられたらご家族は人質となり、無理やり教会の意のままにされてしまうかもしれません」

「実家に帰るつもりはないが、……厄介なのがいるからな、その情報は助かる」

「馬鹿な身内を持つと本当に大変」

「それでは改めてケントルム魔国まで送りましょう、貴方方が自由でいられるように祈っておきます」

「待て、なぜこんなに得もないのに俺たちに構う」

「我らを助けても、何の得もない」

「他の神官の考えは私には分かりません、ただ私の考えとしては困っている人がいてそれが私が助けられることなら手を差し伸べるべきだということです。つまり私の信念に基づいた行動なので貴方方が恩を感じる必要もありません」

「……そうか、でも実家の情報は助かった。礼を言っておく」

「我も言うぞ、ありがとう。そなたのような者が神官にもいると覚えておこう」

俺たちはまた馬車に乗せられてケントルム魔国の国境近くまで引き返した。乗る時には気がつかなかったが馬車は民間で使うような物で、神官騎士たちもわざと目立たない格好をしていることに気づいた。

同じ神官でもいろんな人間がいるものだ。信念とは固く信じて疑わない心だが。時には自分を客観的に見ることが大切だと思った。……今の俺に誤りはないか？　分からない、だがここで神官騎士になることは違うと感じる。

そんな事を考えているうちに、馬車が国境近くに止まったのでプリムと二人で下りる。

「騎士の我らの見送りはここまでです、どうぞご武運を」

「興味深い話だった、感謝する」

「ありがとうなの」

無事にケントルム魔国への国境を越えて、俺たちは最初の街を目指して歩きはじめた。神官騎士たちはしばらく俺たちを見送っていたが、そのうちに引き返していった。

「神官にもまともな人間がいるらしい」

「最初に当たったのが大外れだった、レイ。実は運がないのう」

「そうか、そうかもしれないな。でも、プリムと出会えたあたり運が良くないか」

「暗殺者と出会えて運が良いって言うのはレイくらいのもの、それより」

「なんだ？」

「あのレクトゥスって奴には勝ったけれど、他の神官騎士にレイは勝てるかや？」

「……………レベル上げしないといけないな」

「……………死ぬ気でやるべきかや、なにか悪い予感がするからのう」

俺がその時に真っ先に思い浮かべたのは実家にいるはずの弟のことだった。アイツはいつだって特別が好きだった、勇者という特別に満足しているならいい。だが、俺が超越者だと知ったらどう荒れ狂うのか予想ができない。

「皆の特別というのはそんなに気持ちが良いものだろうか？」

「あの弟のことかや？」

「そうだ、あいつは全てを欲しがるやつだった。今回のことでどう行動するか予想もつかない」

「皆に愛されたいと願う者は、結局のところ自信がないのではないかや」

「自信がない？」

「確かな自分というものがないから全てが欲しい、何を手に入れたいのかわからないから全てにこだわるのかものう」

プリムは俺の方をみて笑って言った。

「我はレイの特別が一つあればそれで充分じゃな」

「そうか、俺もプリムの特別があれば…………あとレベル上げができれば尚いいな」

「むう、レイは雰囲気が読めんのう」

「……すまん、そういうのは苦手なんだ」

わざと怒ったように飛びついてくるプリムを抱き上げて歩きながら、弟のパルスのことを考えた。自分に自信がないから全てが欲しい。何もかも全て手に入れることはできないのだから、それはとても寂しい生き方なのではないだろうか。

うごめくもの

「ひぎゃあああああ、死ぬの、馬鹿なの、こんな終わり方嫌なのじゃ――――!!」

「落ち着け、プリムただの虫じゃないか」

早急にレベル上げをする必要に迫られた俺たちはケントルム魔国の迷宮と呼ばれる場所に来ていた。

最初の階あたりは良かった、うろついてるのはスライムやゴブリンなどの弱い魔物だけだった。

だが迷宮を潜っていくにつれてオークやオーガが出るようになり、ある階から悍《おぞ》ましい生き物たちが姿を現した。

「嫌ああああああ!! 帰る、帰るの!! あれは全生物の敵なのじゃ――――!!」

「わかった、わかった、今始末するからな」

俺たちの目の前に広がる迷宮には通常の三倍の大きさをした蝙蝠や犬ほどの大きさの黒い油虫、それにゲジゲジなどの魔物がうじゃうじゃと空間一杯にひしめいていた。

俺は自分の周りに火炎の球を幾つも作り出し、風の魔法で自分たちの周りに空気を送りながら一気に火炎の嵐を解き放った。

きぃぃぃぃぃぃぃぃぃぃぃぃぃぃぃぃ!!

蝙蝠たちは高い悲鳴をあげて燃え尽きた、虫たちは声は出せないがもし話すことができるのならおなじように悲鳴をあげてのたうちまわっていただろう。

「ほらっ、後続がくるぞ。プリム、防御を頼む!!」

「ヒッ!!　嫌あああああぁぁぁっぁぁぁぁ!!」

プリムはよくわからない悲鳴を上げながらも、三重の結界を張って蝙蝠や虫たちが俺たちに殺到するのを防いだ。

「結界解除、燃やし尽くす!!」

「はい、なのおおおぉぉ!!」

再び俺の魔法で起こした炎が蝙蝠と虫たちを焼いていった。焦げ臭い匂いが少々風の結界を伝わってながれてくる。二度攻撃したが、それでもまだまだ魔物たちは迷宮のあちこちにうごめき残っていた。

「魔力がもたない、あと五、六回焼いたら撤収するぞ」

「はいなのじゃ!!　なんなら、今からでも撤収したいのじゃ!!」

結局、数回の焼却を経て少しは魔物の数を減らすことができた。俺たちは残った魔力のことを考えて早めにもと来た道を撤収したのだった。

「すごいぞ、プリム。レベルが凄く上がっている」

「それは嬉しいがのう、でもなんだか、なんだか、涙が止まらないのう」

俺たちのレベルはそれぞれここ数カ月の特訓で急上昇していた。

名前　：レイ
レベル：288
年齢　：22
性別　：男
スキル：剣術、怪力、魔法剣、全魔法、獣の目、毒無効、気絶無効、麻痺無効、石化無効、睡眠無効、即死無効、魅了耐性、魔王の祝福、神々の祝福、龍王の祝福

名前　：プリムローズ
レベル：99
年齢　：15

性別　：女
スキル：剣術、全魔法、毒無効、麻痺無効、石化無効、睡眠耐性、魅了耐性、龍王の祝福

「我はやっぱり到達者どまりなのかのう」

レベルが99から上がらなくなってから、プリムはなんだか元気がなかった。でも、俺は経験から励ましの言葉をかける。

「いや、俺もレベル99でしばらくの間はレベルが上がらなかった覚えがある。まだまだ、諦めるのは早いさ」

「…………うむ、気長にやるかの!!」

ケントルム魔国では既に季節は冬に入っていた。俺たちは冬になる前に一軒家を一冬借りる契約をして、今はそこに住んでいた。

レベル上げの為に毎日、ケントルム魔国にある迷宮に出かける日々ではあるが、家ではのんびりとして温かな時間がそこにはあった。プリムはこの間に料理を覚えた。洗濯は以前から教えていたが掃除もこの家を借りてから初めて覚えた。

「こうしていると超越者のことなど、忘れてしまいそうだのう」

「何も起きないしな、このまま平和が続くといい。いっそ、ケントルム魔国に移住しようか」

「それも良い考えだの、ここは住みやすい土地じゃ」

「レベル上げもできるしな」

「あの虫の軍団は勘弁して欲しいのう」

「魔物は魔物、すっぱり割り切って戦うんだ」

プリムは女の子らしくどうも虫類が苦手だ、実は偉そうなことを言ってはいるが俺もあの迷宮の虫の大群には生理的な嫌悪感が湧いている。ただ、レベル上げとしては非常に良い場所なのだ。火炎と雷の魔法で大量に始末できてレベルは着々と上がっている。

「明日の迷宮はオーガが出るあたりで狩りをしよう、皮を剝いで冒険者ギルドに売りにいってもいいと思う」

「大賛成じゃ、お金は大事だからのう。レベル上げは大事じゃが、仕方がないの」

プリムが瞳を輝かせて俺の方を見た。よほど虫たちの相手がこたえているらしい。しばらくは虫は止めて久しぶりにオーガ狩りをするか。次の日は言ったとおり、オーガたちを狩りまくった。プリムも強くなって、一匹なら一人でも余裕で倒せるようになっている。

「沢山、とれたの。さて冒険者ギルドに売りにいくかや」

「ああ、行こうか」

俺たちは迷宮を出て冒険者ギルドへやってきた。いつもどおりギルドカードは見せずに買い取りをしてもらう。金貨三十枚ほどの金になってプリムは笑顔で俺のところに帰ってきた。

「ちょっと待った、そこのあんたら話を聞いてくれ」

さて用事を済ませて帰ろうとしたら、知らない奴から声をかけられた。一体、何の用事だろうか。

神々への挑戦者

「あんたら迷宮によく潜っているようだが、この男を見なかったか?」

俺たちはそう言われて一枚の人物画を見せられた。しかし心当たりは無かったので二人で首をふった。続けて男たちは言った。

「こいつは俺たちの仲間なんだが行方不明なんだ、国で一番と言ってもいいくらい強い男だ。だから死んだとは思えない、もしこの男に出会ったら教えてくれるとありがたい」

「そうか、分かった」

「うむ、そうするのじゃ」

冒険者ギルドから出て帰り道でさっきの男のことを話し合った。あの迷宮には何度も通っているがほとんど他の者に出会ったことはない。

「行方不明者か。あれっ、どんな顔だったか」

「レイは忘れん坊じゃな、あれは……どういう顔じゃったかのう」

俺たちは二人して首を傾げた。確かに人物画を見た覚えはあるのにその顔が思い浮かばないのだ。

「まぁ、出会ったらまた思い出すだろ」

「……奇妙じゃ、すごく奇妙な感じがするのじゃ」

迷宮の攻略を続けていいこともあった、とうとうプリムがレベル99の壁を打ち破ったのだ。

「レイ!!」

「良かったな、プリム!!」

「うむ、我はこれからも頑張るのじゃ!!」

「そうか、よしその決心が鈍らないうちにいこうか虫地獄へ」

「ひぃ!! ちょっと待て、あそこは我にはまだ早い!!」

「手っ取り早くレベルを上げるには良い場所だからすぐ行こう!!」

プリムの絹を裂くような悲鳴を聞きながら、それから毎日俺たちは虫地獄で大蝙蝠や油虫、ゲジゲジなどを焼いて過ごした。

「ひぅはははっはっははははは、焼けてなくなるのじゃ!!」

「…………プリムがやる気になったのはいいけど、ちょっと怖い」

「誰のせいじゃと思っとるのかや!!」

「……………俺、かな?」

そうやって虫どもを焼却処分しているととうとう迷宮の最下層に辿りついた。すると一カ所ぼんやりと明るい光を発している場所があった。

「あれはなにかや？」

「さぁ？　行ってみよう」

二人で浮遊の魔法でそこに行ってみると、そこには透き通ったガラスのようなもので出来た欠片《かけら》が浮かんでいた。

「罠かのう」

「用心して取ってみるか」

思いきってその欠片に手をのばすとあっけなく欠片は手の中に納まった、いや欠片をとったはずなのにまた新しい欠片がその場に現れた。二度目の欠片はとれなかった。これは一体なんなのだろう。

とその時ズザザザザザザザと凄まじい音がして、退治したはずの虫たちがまたどこからともなく湧きだしたきた。

「レイ、もう魔力にはあまり余裕がないぞ」

「わかってる、火炎を通り道だけにぶっ放して地上まで逃げるぞ」

プリムを背負い俺たちは魔法を飛翔に切り替えて、火炎で通り道を焼き尽くしてその場を後にした。

「これは何なのかの？」

「何かの欠片のようだが」

無事に宿屋に帰ってから二人してその透明なガラスのような欠片を観察したが、今のところわかることは何もなかった。しかし、俺たち二人のギルドカードに異変が起こっていた。俺には一つ、プリムには二つの新しいスキルが加わっている。

名前　：レイ
レベル：357
年齢　：22
性別　：男
スキル：剣術、怪力、魔法剣、全魔法、獣の目、毒無効、気絶無効、麻痺無効、石化無効、睡眠無効、即死無効、魅了耐性、魔王の祝福、神々の祝福、龍王の祝福、神々への挑戦者

名前　：プリムローズ
レベル：178

年齢　：15
性別　：女
スキル：剣術、全魔法、毒無効、麻痺無効、石化無効、睡眠耐性、魅了耐性、神々の祝福、
　　　　龍王の祝福、神々への挑戦者

「この神々への挑戦者というのに、この欠片が関係あるのだろうか」

「他に心当たりもないからのう、いつ我らが神々に挑戦したのかや」

俺は何とはなしに拾ってきた欠片をいじっていたが、ふと思いついたことがあった。プリムに向かってさっそく問いただしてみる。

「なぁ、プリム。このケントルム魔国は魔国の中でも一番に古い国だったはずだ」

「うむ、確かそうだったはずだえ。それがどうかしたかや？」

「これは見ればわかるとおり何かの欠片だ、もしかして他の古い五国の迷宮にも似たような欠片が隠されているんじゃないだろうか？」

「なんと、ええと、始まりの六国のことじゃな。このケントルム魔国とそれにフィルス魔国それにアーマイゼ魔国」

「ロンボス国に、レブリック王国。そして、今は滅び去ったゼームリング国だ」

「確かに言われてみれば六つ集まれば、何かの形になりそうだの」

俺たち二人は不思議な欠片を手にしてわくわくしていた、冒険者冥利につきるというわけである。

そんな俺たちの周辺に不穏な影が徐々に近づいていることに気がつきもしていなかった。

暗闇の迷宮

「今日の晩飯はなにかや？」

「昼は猪だったし、晩は鹿肉にしておこうと思う」

「あっさりとした鹿の肉も我は好きじゃ」

「プリムには食べ物の好き嫌いがないので助かる」

一冬が過ぎて俺たちは謎の欠片を探す旅に出ていた。いやそれは口実で旅をしたいから適当な理由をつけていたと言ったほうが正しい。

「フィルス魔国に行ったら、レイは我の奴隷ぞ」

「分かってる、プリムこそ主人らしく振る舞ってくれよな」

フィルス魔国は話を聞くと人間について厳しい国だ、そこにいる人間は全て奴隷で金銭でやりとりされているということだった。だから、形だけ今度は俺が奴隷の役をして、プリムが主人役になるわけだ。

幸いケントルム魔国とフィルス魔国は隣同士の国だ、俺たちが謎の欠片があると思っている過去の六大国は元々は一つの国だったと聞いている。だから俺たちの行く国は比較的近くにあるのだ。

「そろそろ国境じゃ、レイ。準備はいいか？」

「はいはい、ちゃんと首輪はつけてるよ」

首輪らしくて、でもアクセサリーでも通るような形の物。プリムが真剣に選んで探した逸品だ、失くしたりしたらあとが怖い。

「獣人と人間の奴隷か、奴隷なのに随分といい服を着せているな」

「我の護衛も兼ねておるからじゃ、通行料はこれでよいかえ」

「人間にあんまり甘い顔をみせるなよ、奴らはすぐにつけあがる」

「親切な忠告に感謝するぞ、それではな」

最初からこの国のことを調べておいたおかげであっさり国の中に入ることができた。今のやりとりでも分かったがここは人間に随分と冷たい国だった。

「プリム、裏通りを覗くなよ。あちこちに人間の死体がある」

「表通りも綺麗とは言い難いのじゃ、ここは怖い国かものう」

「奴隷制度がある国は大抵どこかが歪んでいる」

「奴隷なぞ、本当に嫌な国よな。なるべく早くここを出ていきたいのじゃ」

とりあえず、宿屋をとって休むことにした。低級な宿屋を選んだので、料金を多めに払えば奴隷でも宿泊ができるということだった。

「早くこの国の迷宮を突破して、次の国へ移ろう」

「うむ、レイのご主人さまをしていても、この国ではちっとも面白くないのじゃ」

翌日からフィルス魔国の迷宮に入ることになった。この国の迷宮はまた少し変わっていた。

「れ、レイ。何も見えんのじゃ、手を握っておくれ」

「ここだプリム、魔法で灯りをともせ。それ以外の光は全て迷宮に吸収されるようだ」

ぎゃあああおうがあああぁぁぁぁ!!

「えい!!」

「はあああああ!!」

出てくる魔物は弱い奴はスライムやゴブリンなどいつもと変わりが無かったが、あちらはこの暗闇でも行動できた。こちらは灯りがないと身動きができなかった。そのおかげでこの迷宮は人気がなく、潜っているのも俺たちくらいのものだった。

ガサササササササササッと何かが地面を走る音がした、プリムが思わずその身をすくませる。

「レイ、あやつらじゃ。早く、早く、焼き払っておくれ――!!」

「わかったから混乱するなよ、ここではぐれたらお互いに見つけ出せないで虫どもにやられるぞ」

それを聞いたプラムは俺の背中にしっかりとしがみついた。俺は魔法の火炎の球を何個も撃ち出して姿が見えない虫たちを片付けていった。

「ほらっ、プリムも頑張れ」

「うぅ、見えないのがいいような、悪いような複雑な気分じゃ」

プリムにも雷を魔力で生み出して貰い、虫どもを焼き殺して貰った。俺よりプリムの方がレベルが低いから、その埋め合わせという為でもあった。

「レイ、もう魔力がもたんぞ」

「一旦帰ろう、何日かかけてゆっくりと攻略すればいい」

十数日のレベル上げで俺たちのギルドカードはこうなった。

名前　：レイ
レベル：367
年齢　：22
性別　：男
スキル：剣術、怪力、魔法剣、全魔法、獣の目、毒無効、気絶無効、麻痺無効、石化無効、睡眠無効、即死無効、魅了耐性、魔王の祝福、神々の祝福、龍王の祝福、神々への挑戦者

名前　：プリムローズ
レベル：210
年齢　：15
性別　：女
スキル：剣術、全魔法、毒無効、麻痺無効、石化無効、睡眠耐性、魅了耐性、神々の祝福、龍王の祝福、神々への挑戦者

しかし、虫どもを追い払って最下層まで辿り着いたものの、今度はあの欠片のようなものを見つけることができなかった。

俺とプリムは虫どもと格闘しつつ、欠片を探して迷宮を彷徨うのだった。

闇の欠片

「これだけ探しても見つからないのじゃ、もしかしたらここは外れかもしれんの」

「うーん、何かが足りない気がするんだ。プリム、何か思いつかないか？」

「そうじゃのう、暗くて姿は見えずとも虫どもはそこにおって怖いのう」

「………姿は見えないがそこにいる」

俺はプリムの言葉で思いついたことがあった。最初のケントルム魔国で俺は火炎で虫たちを焼き尽くした。その後で、あの欠片を見つけたのだった。俺は最初の欠片を取り出してよく観察してみた。そうすると、ふと思いついたことがあった。

「プリム、灯りを一旦消してから障壁を張ってくれ」

「なっ!?　虫どもに障壁が破られたら、恐ろしい死に方をするぞ」

「そこはプリムの障壁の強さを信じて任せる」

「何か考えがあるのじゃな」

プリムが灯りを消し、ズザザザザザザッと虫たちが障壁に群がるのが分かった。俺は闇の魔法の凍結を使ってどんどんこの場所から熱を奪っていった。

「凍えるように寒いのう、レイ。どうだ、欠片の場所は分かったか?」

「もう少し、この最下層を歩いてみよう」

プリムを背負って障壁を維持してもらったまま歩いていき、俺は目的の場所に辿り着いた。目には何も見えなかったが障壁の中にそれが入った途端、僅かに輝く透き通った闇色の欠片であることが分かった。

「おお、本当にあったのかえ!?」

「ああ、これでこの場所ともおさらばだ」

手を伸ばしてその欠片をとる、すると同じ欠片がまた現れた。しかし、今度も取れるのは一つだけのようだ。

「それじゃ、プリム。雷で虫を薙ぎ払ってくれ、俺がその道を飛翔して帰るから」

「了解じゃ、これでこの場所ともお別れじゃの!!」

俺たちは無事に謎の欠片を見つけて宿屋に戻った。最初の欠片を確認すると薄《うっす》らと赤い欠片であることが分かった。今回見つけた欠片は薄らと暗い色をした欠片だった。

「レイはどうして欠片の場所がわかったのかや?」

「二つの欠片を見比べてみるといい」

「…………これは、もしかして!! 属性ごとに欠片が分かれているのかのう」

「俺が思いついたのがそれだったんだ。最初の欠片は虫たちを焼き払った後に現れた、つまり火属性の欠片なんじゃないかと思った。なら迷宮は闇を現していたから、光を当てると欠片は見つからなくなるのではないかと」

「面倒な仕掛けもあるものじゃ、ということは他の欠片もその属性ごとに隠され方が違っておるのではないかや」

「恐らくそうだ、だからこの欠片たちは六属性全ての魔法を使えないと見つけることが難しい。それもせめて中級魔法くらいは使えないとダメだろうな」

「探せる者がほとんどいないわけじゃ、レイは闇属性は得意ではなかろう。疲れたのではないか、はよう休むと良い」

「ああ、レベルが上がっていたから上級魔法まで使えたが、魔力の消費量はやはり得意なものに比べると多いな」

「ほれほれ、ゆっくりと休むのじゃ」

「そうだな、今夜はしっかりと眠らせて貰う」

フィルス魔国での欠片は見つけた、レベルも随分と上がった。次はアーマイゼ魔国にある迷宮だ。

そう考えながら、俺は眠りにおちていった。

「レイ、レイ!! 起きておくれ、妙な気配がする。おそらく敵が来たのじゃ!!」

「――――何!?」

真夜中にプリムに叩き起こされて俺は借りていた部屋を出た。飛び起きてから改めて周囲の殺気をさぐれば、宿屋の外には大きな魔力を持っている魔族が数名そこここに佇んでいた。

「どういうことだ、何が起こっている?」

「我にもわから…………」

「そこの出来損ないを始末しにきたのよ、プリムローズ」

「ヒッ!!」

俺たちの前に現れた何人もの魔族、その中心にいるのは女だ。金髪に碧眼で剣を持ち、プリムのことを睨みつけていた。

「適当な人間に無残に殺させようとお遊びで強制転移させたのに、その人間をたらしこんでまさか生きて帰ってくるなんて。ああ、嫌だ。妾の子としては正しい本能かしら、男に媚《こ》びを売るしかない馬鹿な女」

「黙れ、プリムのことを知らないくせに悪く言うな!!」

「あら、よく知ってるわよ。だって汚らしい人狼の血が入っているけど、一応は私の妹ですもの」

「……プリムの姉にしては随分と性格が悪いんだな」

「たかが人間風情がそんな小娘に随分と入れあげているのね、やっぱりあっちの具合がよっぽどいいのかしら。……城に持って帰って奴隷たちにあげるのも楽しいかもね」

「このくそ女!!」

不気味に佇む数名の魔族を背景にして、俺はプリムの姉を切り捨てようと動いた。しかし、護衛の魔族が女を守ったことと、プリムが怯えて俺にしがみついてきたことでそれは叶わなかった。

「馬鹿な妹、そこで人間風情と一緒に死ぬがいいわ」

「はあああああ!!」

俺はプリムを抱えながら襲ってくる魔族の攻撃を避けた。平気だ、プリムがいるくらい何のハンデにもなりはしない。まだ弱かった頃はよく片腕を負傷して戦ったものだった。

「ぎゃあああああ!!」

「こ、こいつはあああ!?」

プリムを抱き抱えて既に二人を始末した。魔法で風の槍を生み出し更に五、六人を倒してやった。

こいつらは弱い、これだけ弱ければ問題ない!!

「あ、あんたは一体!?」

「グレーテ様!!」

プリムの姉だとかいう女も護衛ごと剣で叩き斬ってやった。全員が絶命しているのを確認してその場を離れる。もうこの国には用はないからだ。

「プリム、プリムしっかりしてくれ」

「あ……ね、ねえさまは……」

「あいつはもういない、今から国を出るからな。歩けるか?」

「す、すまぬ。む、無理じゃ、歩けぬ」

「そうか、分かった」

俺はプリムを背負って外壁を風の魔法で飛び越え、アーマイゼ魔国の方向へと走った。プリムはずっと俺の背中で震えていた。少し泣いてもいた。

夜が明けたら森の中で休憩をとった。プリムはようやく眠った。俺はプリムと昨夜殺した女のことを考えながら、プリムを見守っていた。

雨の日

「我が生まれたのはこのフィルス魔国の後宮での、母は誘拐されるように連れて来られた人狼じゃった」

「……そうか」

「母は我が幼い頃に亡くなってしまってのう、それ以来我のそばには誰も寄らなんだ。我の言葉遣いはおかしかろう、母が聞かせてくれた絵本などで言葉を覚えたからじゃ」

「そう言えば、今も文字を読むのが苦手だな、プリムは」

「うむ、そうじゃ。それからある日、ねえさまたちから、お前はもう要らない、そう適当に強制転移させられた先がディレク王国だった。我はレイに会うまで二、三日草原を彷徨って倒れたのじゃ」

「大変だったな、プリムと出会えたのが俺で良かったよ」

「我もレイに出会えたのは幸福じゃった。ねえさまの誰か一人でも殺せば迎えをやる、などという戯れにすがった我をレイは助けてくれた。我はもう少しで意味もなく誰かを殺すところじゃった」

「プリムは優しいから、きっと誰も殺せなかったさ」

「そうだったと我も思いたい。魔王の位については何故か父の死の間際に譲られたのじゃ、どうして我に譲ったのかは分からん。ただ、そのおかげでレイに魔王の祝福というスキルを贈れた」

「そうか、プリムがずっと俺を助けてくれてたのか」

「我は死にたくなかっただけじゃ、レイの優しさが我のことを守ってくれるのではないかと期待した。我の思うたとおり、レイはいつだって我を助けてくれた」

「……俺は自分の旅を邪魔する奴らを始末しただけだよ」

「レイ、我はもう……、もうレイとは……うぅ……」

「プリムはもう俺の大事な仲間だよ、少し迷惑をかけたくらいでなにも泣くことはないさ」

「れ、レイも我にとって大切な仲間だぞ」

「ありがとう。さぁ、もう少しだけ眠って休むと良い」

　ポツポツと雨が天幕に当たる。追っ手の気配を感じた。俺たちはまだフィルス魔国の中にある森に隠れていた。

　プリムの落ち込んだ様子が辛そうで胸が痛い、彼女に比べれば自由に外に出れて行動できた分俺は恵まれていたほうだった。この子はずっと一人で秘密を背負い耐えてきたのだ、俺以外に守ってくれる者とも出会えず。だから、プリムはあんなにも俺を信頼するのか、………だったら俺にはその信頼に応える必要がある。

さて雨が止む前に、プリムが起きる前に邪魔をする魔物たちは片付けてしまおうか。

眠っているプリムに五重の障壁を張って、俺は雨の中で異質な気配がする連中のところへ静かに移動して斬り捨てていった。声を上げる暇など与えない、連中は一声も上げることもできずに死んでいった。この国はプリムには危険だ、この国さえ出てしまえばきっと追っ手の数も減るだろう。

「プリム、そのまま眠っていていいから移動するぞ」

「うむ、……レイ……」

俺はプリムを背負ってフィルス魔国とアーマイゼ魔国との国境目指して移動を開始する。プリムは大人しく眠っていてくれた。酷い環境におかれていたのに素直な良い子だ。

そのまま国境目指して移動を開始する。しばらくは何もなかったが国境付近に近づくにつれて不穏な気配が混じり始めた。

落ち着け、落ち着け、こんなことは大したことじゃない。もっと幼かったころは両腕が使えなくなっても、魔物を倒して生き延びれたんだ。

プリムを背中から左腕で抱き抱えるような姿勢にする。これで片腕は使えるのだから昔追い詰められた時に比べればずっとマシなはずだ。

「邪魔をすれば切る、何もしなければ生きれるぞ。帰れ!!」

俺が叩きつけるようにそう言うと襲い掛かってくる影と動かない者とで分かれた。戦力の分散はもっとも愚かな児戯だ。さほど間をおかずに俺の周囲に人の気配は無くなった。

しかし、雨と森のおかげで方角がわかりにくい。自分の勘と経験が頼りだ。おそらく、左にまっすぐ進めばアーマイゼ魔国に着くはずだ。

『……アーマイゼ魔国の国境……は貴方から見て……左の方角へ二ｋｍです……』

突然、とても淡々とした人間の声がした。バッと身を翻《ひるがえ》して周囲を警戒した。刺客かとも思ったが誰もいない。それに『きろめーとる』とは何のことだろうか？　疑問を感じつつ、俺は自分の信じる方角に向かって歩いていった。

そして途中で邪魔する者を切り捨てながら、俺はアーマイゼ魔国へと逃げ延びた。国境を越えてからは追っ手の者もその姿を消した。おそらくは雇い主に報告に行ったのだろう。

それをいいことにアーマイゼ魔国の街へと急ぐ。着いたら真っ先に宿をとってプリムをベッドに寝かせておいた。

「これでとりあえずは……安心かな？」

俺はベッドを背にして剣を抱いて意識を半分だけ落とす。もう半分は覚醒させておいて索敵を怠らなかった。

「レイ、レイ、大丈夫か？」

「ああ、プリム目が覚めたのか。良かった、よく寝ていたぞ」

「レイはどうしたのじゃ、ローブがボロボロではないかえ」

「ああ、でも怪我はほとんどないんだ。ドラゴンの皮の防具はさすがだな」

「レイ、我はの、我は……」

「うん、プリムはとってもお利口さんだったよ。ここはもうアーマイゼ魔国だ」

「我が謝ら……」

「プリムが謝ることなんて一つもないよ、さて起きたんなら俺は水浴びをしてもうひと眠りしようかな」

「我も行く」

「そうか」

宿屋で井戸を借りて泥やこびりついた血を洗い流した。せっかくだからプリムの綺麗な髪をよく洗っておいた。それから、二人でベッドで眠った。まだ心配だったから、意識の半分は起こしたまま眠った。プリムは俺の胸の上に頭を乗せて、ようやく安心したようだった。

「おはよう、プリム。台所を借りて、何か作ろうか」

「……レイ、おはようなのじゃ。肉、肉を所望するのじゃ」

宿屋の台所を借りていつもの野菜スープと肉の串焼きを作った。しばらく携帯食しか食べてなかったから野菜は柔らかくなるように長めに煮込んだし、串焼きのほうも肉は小さ目にしておいた。

「相変わらずレイの料理は美味いのう」

「そうか、今度はプリムが作ってくれよ」

「任せるのじゃ、我の腕前を見せてやろう」

「それじゃ、昼飯はプリムに作って貰えるな」

雨はまだ降り続いていたので、雨が止むまではこの宿屋で大人しくしていることにした。追っ手の気配はもうなかった。他国に入ったからもう必要ないとみなされたのだろうか。

魔王の位とはどうなっているのだろう。今もプリムが持ってはいるようだが、それではフィルス魔国は仮の王が動かしているのだろうか。……今後もプリムの周囲には気をつけておかなくてはいけないな。

プリムは大人しく部屋で魔法の練習をしていた。俺も参加してより細かな魔力操作ができるように練習した。

「レイ、我がレイのもとに来たのはねえさまのお遊びだったのだろうが、今では我は感謝しておるからのう」

「……そうか」

「そうじゃ、だから今度は仲間として我がレイを助ける番なのじゃ」

「期待しておく」

「ふふふ、待っておれよ」

「ああ、待ってる」

雨はシトシトと優しく何日も降り続いた。プリムに見張りを任せて俺は完全に眠ったりもした。プリムを信頼しているから、深く意識をおとし、とてもよく眠れた。

俺の知らないプリムの昔のことなんて大したことじゃない、大切なのはいつだって今これから何をするかだ。

偽りの光

「うわあああ、キラキラしていて綺麗だのう」

「質のいい魔石みたいだな」

「レイは女心と言うものがわからんかや」

「女心どころか、男が何考えてるかも分からないよ」

アーマイゼ魔国の宝石店の店先に並べられた宝石をプリムはじぃっと楽しそうに見つめていた。この国は沢山の宝石の主な産出国なのだ。宝石に夢中なプリムを見ながら、俺は自分の半生を思い返してみた。

俺は人生のほとんどをレベル上げに費やしていたからな。子どもの頃は両親の剣術と魔法の猛特訓で忙しかったし、騎士になってからは騎士と冒険者との二重生活で目がまわるように忙しかった。

同年代の男はもちろん女性とも話したり、遊んだりした記憶がない。あれっ、俺って結構ボロボロの人間関係ではなかろうか。いやいや、今はプリムがいるんだ。ちゃんと会話もできるし、友人としていい関係が築けていると思う。

俺はそう自分の人生を振り返って、まだキョロキョロと宝石たちを眺めているプリムに言ってみた。

「そんなに気に入ったのなら買っていこうか、例えばその指輪とか」

「なんと!!　そそそそんな大切な物を買って、迷宮に行ったりした時に失くしたらどうする!?」

「でも、結構冒険者で多いぞ。宝石を金銭代わりに持っている奴、軽くて嵩張《かさば》らないから良い財産になるんだ。確かに紛失する危険はあるけどな」

「うむむむ、財産管理の話かや。それでは必要ないぞえ」

プリムはがっくりと肩を落として宝石店を後にした。俺はどうやら女心が読めなかったようだ。

……もっと勉強しておこう。

「それにしても、今度の迷宮は難しいな」

「ここもそうじゃが、六つの迷宮を考えた奴は性格が悪いのう」

「親切な迷宮なんか、宝を盗み放題じゃないか」

「うぅ!?　……そう考えれば迷宮の作り手としては優れておるのじゃ」

アーマイゼ魔国にある迷宮は光の迷宮と呼ばれていた。迷宮が六属性に合わせて作られているという俺たちの仮説が正しいとすれば、この迷宮を踏破するには光属性の魔法が必要になる。だが、その使い方がわからないのだった。

「レイ、オーガじゃぞ!!」

「いいや、気配ではプリムの後ろだ!!　避けろ!!」

「ひえええぇぇ!!」

「とう!!」

俺はプリムの後ろにいたオーガを一刀で切り裂いた。この光の迷宮という広大な森に入った俺たちは彷徨っていた。それは迷宮の構造に問題があったのだ。見ている光景と実際の迷宮が異なっているのである。

右に道があるように見えて、行ってみるとそこはただの壁だったりした。また魔物が左にいると思ってよけると、実際は右から襲ってくることもあった。

「どこが光の迷宮なのかや?」

「索敵で魔物の気配はわかるけど、目的の欠片がどこにあるかはわからないな」

「飛翔の魔法で見つけようにも、樹木が茂っていてろくに地面も見えやせんわ」

「正々堂々と何か道を見つけろっていうことなんだろうな」

今日もあちこちから襲い掛かる魔物を相手に光の迷宮で散々苦労して、何も得られずに帰ることになった。プリムは帰るなり水浴びを済ませるとぐったりとベッドに横になってしまった。俺も考えすぎて疲れたのでそれにならって横になることにする。

「なにか光に関係することがあるはずじゃ」

「それか最悪、光をさえぎる森を全部焼き尽くすとかかな。他の人が迷宮に入っていたらできないけど」

「光、光、そうじゃ。闇の迷宮では闇が鍵になっておったな!!」

「何か思いついたのか?」

プリムは少し考えこみながら小さく頷いた、どうも自信のある答えではないらしい。翌日、プリムが思いついた案を試してみることになった。

「なんと、こんな簡単なことだったのかや!?」

「あー、明るい時にわざわざ魔法で灯りをともす奴はいないよな」

光の迷宮はプリムが強い灯りの魔法を使うと実際の迷宮を映し出した。今までは偽物の光で作られた幻の中を歩いていたのだった。

「ただし、この灯りの魔法。相当に強い光を発せねば正体を現さぬぞ」

「光属性に強い魔法使いが要るわけだ、プリムには引き続き灯りの維持を任せる」

正しい道がわかると俺たちはそう間をおかずに迷宮の中を進むことができた。強めの魔物にはサイクロプスやアルラウネなどがいたが、今や俺のレベルは411である。あっさりとはいかないが、余裕をもって倒して進むことができた。

「れ、レイ。魔法がもたぬ、休憩をしたいのう」

「おう、わかった」

この迷宮を踏破するのに必要なのはプリムの魔法と俺の強さだ。迷宮の比較的安全そうなところに天幕を張って食事をさせた後でプリムを休ませた。

「よし、もういいぞ。先へ進むのじゃ」

「おお、分かった」

そうやって休憩をはさみつつ、ゆっくりと確実に進んでいってなんと十日も迷宮を攻略するのに時間がかかった。最後の方は疲労のあまりふらつきながら、また透き通った欠片を一つ見つけたのだった。

「レイ、帰りはどうするかや？　我はもう疲れたぞ」

「簡単だ、プリムを背負って飛翔の魔法で飛んでいけばいい」

「なるほど!!　それは素晴らしい案じゃな!!」

「それじゃ、帰るぞ」

十日ぶりに宿屋に着いたときにはプリムはもうふらふらで、水浴びも俺が支えて洗ってやる有様だった。そうして食事もとらずに二人で久し振りの睡眠をむさぼった。

取ってきた欠片は薄らと黄色い欠片で、他の二つと合わせると確かに凹凸が組みあう場所があった。六つの欠片があるという推測も今のところは当たっているようだ。

次に行くところは人間界になるのだが、余計なことに巻き込まれなければいいなと俺は思っていた。

うごめくもの再び

「れ、レイ。これはひどいと思うのじゃ、我はそなたを信じておったのに」

「俺は一言も嘘は言っていない、ここが一番レベル上げには良い場所なんだ」

俺たちはケントルム魔国の迷宮に再び来ていた、プリムのレベル上げの為である。俺たちがいる場所には大蝙蝠から黒い油虫、ゲジゲジとあまりお近づきになりたくないものたちが大量にうごめいていた。

「結界は俺が五重に張っておくから、プリムは得意な雷の魔法であいつらを仕留めろ!!」

「レベル上げとはこんなにも過酷なものかや、ええい黒こげになりゃれ!!」

プリムの雷の魔法が洞窟内を走り回り、虫や蝙蝠たちは次々と黒焦げになる。しばらく休むとまたどこからともなく、蝙蝠や虫たちはうぞうぞと集まってきた。

このレベル上げをプリムは俺とレベルが近くなるまで繰り返した。おかげで一月ほどかかったが、普通の人間ではこんなに早くレベルが上がらないので祝福系のスキルには感謝しなければならない。

「やっと、この洞窟も卒業かえ。もう、ぞわぞわっとした虫はいいのかや?」

「本音を言えばもっとレベルを上げてもいいと思うけれど、このくらいにしておこうか」

名前　：レイ
レベル：445
年齢　：22
性別　：男
スキル：剣術、怪力、魔法剣、全魔法、獣の目、毒無効、気絶無効、麻痺無効、石化無効、睡眠無効、即死無効、魅了耐性、魔王の祝福、神々の祝福、龍王の祝福、神々への挑戦者

名前　：プリムローズ
レベル：438
年齢　：15
性別　：女

スキル：剣術、全魔法、毒無効、気絶耐性、麻痺無効、石化無効、睡眠耐性、魅了耐性、神々の祝福、龍王の祝福、神々への挑戦者

これが現在の俺たちのレベルである。プリムはこの修行中に気絶耐性まで習得していた。努力は必ず形になる、なんて素晴らしいことだろうか。

「それじゃ、人間界に渡って残りの迷宮を探しに行こうか」

「もうぞわぞわっとした虫は嫌じゃ、次はまともな迷宮に行きたいのう」

「まともな迷宮ってどんなところだ？」

「虫けらがぞわぞわっとしていないところじゃ!!」

俺たちは住み慣れたケントルム魔国を離れて、ロンボス国を目指すことになった。国境を越えて近くの街から歩いていき、そこからはまた駅馬車の旅である。

密かに心配をしていたがスティグマタ国でも、特に俺が捜索されている様子はなかった。教会が超越者と呼ばれるレベル99を超えた者を集めて何がしたいのか分からないが、どうせ碌なことではないような気がするので教会には近づかないようにしていきたい。

「ロンボス国は今では小国になっていて、魔道具の生産が盛んだ」

「レイは詳しいのう、それはまた本の知識かや？」

「今回は酒場にいた冒険者からの情報、プリムも聞いてたはずだけど」

「すまぬ、羊の焼けた肉に夢中だった覚えならあるぞえ」

俺は本も好きだが本に書かれた情報は大抵古いものだ。民間に本として出回るまでに写本という手間のかかる工程があるから、どうしても情報は古いものになる。

そこで分からないことがある時は、冒険者ギルドの職員や居酒屋で冒険者にいくらか酒をおごると情報が拾えることがある。もちろん、嘘や誇張が混じっているのも忘れずに全ての話を素直に信じたりはしない。

「こうゆったりとした旅も良いのう」

「うん、レベル上げも好きだけど、旅はその次くらいに好きかもな」

駅馬車にガタガタ揺られながら、俺たちはもう無意識に魔法の練習をしていた。今までの迷宮で出てきたのは光と闇と火属性だ。次に出てくるのは風か土か水属性の迷宮である可能性が高い。

風なら俺が得意な属性だ、水はプリムが得意だから恐らく心配ない。問題なのは土属性だ、俺もプリムもあまり得意でない属性だから迷宮が攻略できるかどうか心配だ。

「それにしても俺たち以外に迷宮を攻略する者はいないのだろうか？」

「レイ、そなた。自分の常識知らずの強さを忘れておるぞ」

「ああ、そうか、普通は上級魔法を使えるだけでも珍しいのか」

「普通に生きる者たちのレベルは平均で10くらいなのを忘れたか」

「そうか、でも到達者くらいなら……無理か」

「あの迷宮は超越者でもなければ、踏破できぬと思うぞ」

「……なるほど」

「納得がいかないようじゃな」

あの迷宮の数々は確かにレベルが高くないと難しいけど、今まで冒険者の間であの欠片に辿り着いた者がいないということが納得いかない。超越者だって数が少ないけどいるんだから、一人くらい迷宮の絡繰《からく》りに気づいてもいいと思うんだ。

「まぁ、全部の迷宮を踏破できたら、その理由も分かるかもしれないな」

「全てがそろったら何が起こるのかのう」

「新しい世界が見つかったりして」

「凄いお宝があるかもしれんぞ」

俺とプリムはお互いに信じてもいないことを言い合って笑う。同乗している駅馬車の人からは変な顔をされてしまった。いかん、いかん。

そんなことをやっていたらいきなり駅馬車が止まった。これはもしかしてとプリムと二人で戦闘準備に入る。

「全員下りてきな、そうすれば命だけは助けてやるぜ」

旅は楽しいがこういう危険と隣り合わせの生活でもある。商隊の馬車が冒険者に護衛を依頼するのはこんな時の為だ。

風の試練

「……あれは盗賊なのかのう？」

「……本人たちがそう言ってるんだから、盗賊なんだろう。多分」

駅馬車の動きを止めたのは服の上からでも分かるくらいにやせ細った男たちだった。かろうじて自分の足で立っているといった有様で今にも倒れてしまいそうに見えた。

「盗賊だったら、一応倒そう。えい」

「我の魔法の餌食になりゃれ、とう」

俺とプリムはお互いに気合の入らない声で一応盗賊たちを倒した、というかちょっとこずくだけで彼らは倒れてしまった。仕方がないので馬車の邪魔にならないように、道の端に寄せておいた。

「なんだったんだろうなー、あの盗賊たち」

「分からん、奇妙な者たちだったのう」

しかし、ロンボス国に近づくにつれて盗賊の数はだんだんと増していった。盗賊らしく元気のある奴は遠慮なく始末していったが、俺たちが手をくだすまでもなく倒れる自称盗賊という人々が多かった。その事情はロンボス国についたらすぐに分かった。

「大飢饉《だいききん》かえ!?」

「そうか、それで農民の成れの果てがあの盗賊たちか」

ロンボス国では数十年に一度の大飢饉に見舞われていたのだ。土地を治める貴族がしっかりと物資を備蓄している領地は問題なかったが、横領をしていたり、余裕が無い領地では飢えに屈して農民が盗賊になってしまったのである。

「た、食べ物がほとんど売ってない。それに高い!!」

「れ、レイ。我らは大丈夫かえ?」

俺たちはロンボスの都にある露天商などを見て驚いていた。プリムが不安そうに聞いてくるので安心させるべく俺はこっそりと答える。

「『無限空間収納《インフィニットスペースストレージ》』には数年分の食糧を入れてある、なぜなら魔物を倒してお金を稼いだらついつい美味しそうなものを買っていたからだ。この空間の中に入れておけば物も腐らないし、俺たちは大丈夫だ」

「そうか、他の者にはすまんが安心したのう」

とりあえず宿屋をとって俺たちはロンボス国の迷宮について情報を集めた。するととある古い本によるとある山がまるごと迷宮になっているらしい。

「はふ、はふ、つまりその山へ行けばいいのじゃな」

「あちちっ、そうだ。今度は山が迷宮になっているらしい」

じぃっとあちこちから俺たちを見つめる目がある。その目は俺たちの一挙一動をずうぅと見つめ続けていた。コカトリスのステーキ、ふんわりと柔らかな白パン、野菜たっぷりのシチュー、果物の砂糖漬け。俺たちが食べていたのは特になんでもない、普段通りの食事である。

「……とりあえず今は腹を満たそう」

「……そうじゃな、できるだけ早く食べてしまうかや」

宿屋の厨房を借りていつも通りに朝食を作ったのだが、泊まっている客はもちろん宿屋の人たちからも飢えた視線が向けられて怖かった。後で宿屋の主人と交渉して宿賃代わりに食糧をわけておいた。

「それじゃ、行くぞ。プリム」

「うむ、一刻も早く山へ行こう」

街の中でも浮浪者たちから飢えた視線をずっと感じていた。俺はまるで自分が食べ物になったような気がしていた。だからといって手当たり次第に食糧を配るわけにもいかない、俺の持っている食糧ではこの都を救うには到底足りないからだ。

「飢えとは恐ろしいものよ、幼き頃を思い出すのう」

「だからといって何も渡すなよ、渡したら一気に集まった人に潰されるぞ」

「わかっておるわ、何もせんぞ」

「なるべく視線を合わせないようにして行くぞ」

門の外に出たら、飢えた人々から追いかけられないように飛翔の魔法で一気に問題の山の麓まで来た。この大飢饉の間に迷宮に挑む者はいないようだ、俺たち以外に誰もいなかった。

「一晩、ここでゆっくりと休んで、明日迷宮を目指そう」

「やっと視線を気にせずに休めるのう」

交代で見張りをして俺たちは一晩しっかりと休養をとった。翌日から山登りを始めたのだがすぐにおかしな空気に気がついた。

「どうやら、この山には有毒な空気が混じっているようだな」

「毒無効の我らには関係ないかのう」

「いや、呼吸ができなくなるほどの有毒な空気が混じっているとまずい」

「それでは山に登れんではないか、…………ああ今度はこれが試練なのだな」

山を取り巻く風の流れを改めて調べてみると一筋だけ清浄な空気が流れていた。俺はプリムとともにその流れに逆らわずに山を登り始めた。一見して飛翔の魔法で頂上まで行ってしまえば良さそうだが、欠片がどこにあるのか分からないので地道に山を登るしかない。

キュイイイイイイ!!

「炎よ、落とせ!!」

「我の魔法の餌食になりゃれ!!」

山を登っているとハーピーやワイバーンなどに襲われた。俺は炎の槍を放ち、プリムは雷の魔法でもって彼らを次々と落としていった。

「もうすぐ日が暮れる、この辺りで野宿しよう」

「うむ、何もない山なのじゃな。ここは寂しいところよ」

この山の迷宮には僅かな木が生えているだけだった。この山を取り巻く有毒な空気が恐らく植物にも良くないのだろう。持ち込んだ食糧でいつもの食事を済ませると交代で眠りについた。鳥系の魔物が多いので夜目が利かないのか、夜の間は襲撃はなかった。

「意外と静かによく眠れたのう」

「この毒となる空気以外は特に苦労することもないな」

「はむ、はむ、はむ、やはりレイの料理は美味いのう」

「そうか、最近はプリムも随分と上達したじゃないか」

時々、ハーピーやワイバーンの襲撃はあるが俺たちは順調に山を登っていった。道は複雑に分かれていたが、清浄な風の流れは一つだけだったから迷わずに済んでいた。

「このくらいの難関だったら、山に詳しい者なら登ってこれそうだ」

「無理じゃろう。空気の流れは読めたとしても、ハーピーやワイバーンの餌食になるだけじゃ」

「それもそうかって――――!?」

「なんとな!?」

俺たちは一週間かけて山道を登ってきたが、その途中にある広場でなんとドラゴンに出くわした。

しかも、俺たちが取りに来た欠片がそのドラゴンのすぐ近くにあるのが見えた。

空の王者

「これはドラゴンと戦えということなのかな」

「うむ、我らが欲しい謎の欠片は向こう側にあるしのう」

「どうしようか？」

「我もレイに危ないことはさせたくないのう、ドラゴンは空の王者じゃ」

せっかくここまで来たのだから集めている欠片を持って帰りたい、でもドラゴンと戦うとなったら命がけの勝負になるだろう。二人して相談した後、結論を出した。

「まずは話し合ってみて、それでも駄目なら戦闘。負けそうになったら全力で逃走ということにしよう」

「絶対に無理はせぬことじゃな、話し合いで解決すればそれが一番じゃのう」

なんと弱気なと言うんじゃない、昔話の中には城を壊滅させたというドラゴンの話も出てくるくらいだ。ドラゴンとは空の王者なのだ、……この前みたいな例外もあるけど。

「あの、ドラゴンさん、聞こえますか？」

「聞いていたら返事をして貰いたいのう」

俺たちが何度か呼びかけるとドラゴンは薄らと目を開けた。その鋭い眼光は獲物を狙う者の眼で俺たちに向かってこう言った。

「ち、小さき者よ。何か食べ物を持っていないかい？」

「…………持ってます」

「…………ドラゴンとは空の王者ではなかったかえ？」

俺は『無限空間収納《インフィニットスペースストレージ》』にしまっておいた、まだ皮を剝いでいないオーガやコカトリス、いろんな魔物の死体をドラゴンの前に取り出していった。

「むぐ、むぐ、助かるよ。空を飛んでいたらおかしな空気に捕まってね、それからここを離れようとすると息ができなくて動けない。このあたりの魔物は全て食べてしまって、もう少しで餓死してしまうところだったよ」

「あの、それじゃ。貴方の傍にある欠片を俺たちが取ってもいいですか？」

「我らはそれを取りに来たのじゃ」

「僕のものじゃないから構わないよ、好きにするといい」

「では、お言葉に甘えて」

「とっておくのじゃ」

今回も透き通った薄らと緑色をした欠片が手に入った。やっぱり同じものがすぐ現れたが二つめは取れないのも同じだった。風の試練の魔物はどうやらドラゴンさんが食べてしまったようだ。そうじゃないと今までの試練に対して簡単過ぎる。

「あとはドラゴンさんとどう脱出するかだな」

「うむ、拾ったからには見捨てていけないのう」

「僕を助けてくれるのかい、助かるよ。僕は風の魔法は苦手でね」

俺の魔法で一時的に清浄な空気を集めることはできる、でもその僅かな時間でこのドラゴンがここから脱出できるだろうか。

「ドラゴンさん、どのくらいの時間があればここから逃げ出せますか？」

「うむ、そこは大事だのう」

「そうだね、ちょっと体が弱っているからロウソク一本が燃え尽きるくらいの時間かな。この辺りの空気はおかしいよ、特に上空は有毒な空気で溢れている」

ロウソク一本が燃え尽きるくらいとなると結構な時間だ、俺の魔法ではそこまで持つかどうかわからない。

「もしくは人化するから、僕を君たちに運んで貰えると助かるのだけど」

「人化？」

「うむ？」

俺が取り出した魔物の死体をあらかた食べ終えたドラゴンは、どんどんその姿を縮めていき金髪に碧の瞳をした冒険者のような姿の青年になった。

「これでどうだろうか、まだこの体はうまく動かせないけど……。ああ、僕の名前はイントゥシオンと言うんだ、シオンと呼んでおくれ」

「よし、それなら俺がシオンを背負っていくぞ」

「ならば、我がハーピーやワイバーンの相手じゃな」

俺たちは人型になったシオンを俺が背負って山を下り始めた。時々襲撃してくるハーピーやワイバーンはプリムが雷の魔法で始末してくれた。

登るのに一週間かかったので、下りるのにもこの山は一週間かかった。その間はシオンと寝食をともにして仲良くなった。

「へぇ、人間の食べ物はいろんな味がして美味しいね」

「このコカトリスの串焼きもどうぞ」

「うむ、この果物の砂糖漬けも絶品ぞ」

ドラゴンだから初めのように物凄い量を食べるのかと思ったらそうでもなかった。人化している間は人間と同じくらいの食事で体を維持できるらしい。

「ああ、ここが人間に与えられた六つの遊戯の一つだったのか。気がつかなかったよ、次からはもっと注意して飛ばなければならないな」

「六つの遊戯って何なんだ、シオン？」

「我らが集めているこの欠片のことかや？」

シオンはまだ人間の体に慣れてないのか、ぎこちなく食事をとりながら俺たちの質問に答えてくれた。

「むかし、むかし、神がこの世界を作った。人間の六つの遊戯の為に作った、しかし誰も最後まで遊んでくれる人間はいなかった。だから神は待っている、六つの遊戯を遊び尽くしてくれる者を。僕は百五十歳くらいだけど、母から聞いた物語の一つだよ」

「この欠片を集めることは神様の遊びなのか？」

「普通の人間からしたら、随分と物騒な遊びじゃの」

「所詮は言い伝え、おとぎ話だからね。どこまで本当なのかは僕も知らないよ」

「まぁ、遊び始めたからにはな」

「最後まで無理はせずに遊んでみるのじゃ」

そんなことを話しながら一週間が過ぎて俺たちは山の麓に辿りつけた。シオンもその頃には歩くくらいはできるようになった。でも、まだまだ人の体に慣れていないようで、とても置いていけないから一緒に連れていった。

そして、ロンボス国の都に帰ると驚くべき変化が起こっていた。都には活気がもどり、露天商では豊富に食べ物が売られていたのだ。露天商で食糧を買いながら話を聞いてみた。

「そこのキャベツと芋を一袋くれ。なぁ、この一週間で何が起こったんだ？」

「勇者さまですよ、勇者さまがきてくれたのです」

他にもあちこちで話を聞いてみたが、どうやらムーロ王国が海から船を使って食糧援助を行ったということだった。

「ほらっ、あれが勇者さまですよ」

と人々が指さす先には嫌というほど見慣れた顔があった。俺の弟であるパルスだった。立派な馬車に乗って王都で国を救った英雄として崇められていた。

持たざる者

迷宮を踏破した夜はロンボス国の宿屋に泊まることにした。まだ人間の姿になれていないシオンも一緒だ、宿屋の井戸の使い方や水浴びの仕方を教えた。シオンは恐る恐る水を被って不思議そうな顔をしていた。

「ドラゴンの時に水浴びはしたことがあるけれど、人間だとまたやり方も違う。なんだかとても不思議な感じがするよ」

「そういうものか」

その後にプリムも水浴びをしていた。二週間も水浴びも風呂もお預けだったのだから楽しそうにしていた。その後は、宿屋の部屋に戻って皆で一休みしていた。

「そう言えばシオンはドラゴンの姿に戻らなくていいのか、さすがにここまでは有害な空気も流れていないだろう」

「……それが困ったことになってね、人化の術を使ったのは初めてで解き方がわからないんだよ」

「なんと!?　それは一大事ではないのかや」

俺とプリムはシオンの体を心配したが、シオン自体は特に気にしていないようだった。

「長い生涯だからこんなこともあるだろうさ、丁度いいから君たちの遊戯に交ぜてもらいたいな。こんな僕でも役に立つことがあるかもしれない」

「多少、危険なところへ行くんだぞ」

「それでも構わないのかえ？」

「君たちには助けてもらった恩返しもしたいし、多少の危険はどこに行ってもあるよ。僕はドラゴンだからね、やたらと人間に狙われるんだ」

「ああ、ドラゴンは体のどこをとっても良い素材になるからな」

「我らはあの母ドラゴンが自ら素材を分けてくれたから助かっておるけどのう」

「ああ、どおりで君たちの着ているドラゴンの皮が美しいと思った。誰かから分けて貰ったんだね、君たちがどうやってドラゴンの皮を手に入れたのか不思議だったんだ。戦って手に入れるのは龍王相手には無謀というものだし」

「龍王、いやドラゴンというのはやはり強いのか？」

「今までシオンも入れて二度ドラゴンに会っておるが、戦う機会はなくてのう」

シオンはうーんと考えたあとに俺たちの質問に答えた。

「本物のドラゴン相手にだったら、その年齢によるけど戦うのは大変だよ。僕らは空を自由に飛び回るし、ドラゴンのブレスは岩でも溶かしてしまう。体はドラゴンの皮を着ていれば分かるだろう、普通の武器では傷をつけるのだって大変だ」

「確かにこのドラゴンの皮鎧や手袋、それにブーツは頑丈で傷がついたことがない」

「戦わずしてこのドラゴンの皮が貰えたことは運が良かったのう」

そうしてドラゴンとはどういう生き物なのかとシオンに聞いていた。だがその時、俺たちの部屋を訪ねてきた者がいた。王宮からの招待だそうだ。どうして俺が王宮に招待されるんだ!?

俺は即座にパルスの顔が思い浮かんで、できれば辞退させて貰いたかった。しかし、既に馬車で迎えまできていたので俺たちに拒否権はなかった。馬車で運ばれて身体検査をされ、王宮の客室に通された。

「ようこそ、兄さん。ロンボス国の王宮へ、いやプレスティト王と話をしたら兄さんの話になってさ。王宮へ招待させて貰ったよ、客室も用意して貰ったから今晩はゆっくり休んで欲しい」

「いや、それは」

「むう」

「これが人間の王宮かい、とても細かい細工がしてあるんだね」

そこからはパルスが二人で話したいからと俺たちは別室で話をすることにした。別室に移り他の者の視線がなくなった途端にパルスの態度は豹変した。

「兄さん、教会から兄さんが超越者になった連絡がきたが嘘だろう。ベルヴァ王国で確かに闘技場くらいでは優勝できるようになったみたいだけど、兄さんの腕はその程度だろう。僕は違う国からも頼りにされている、魔国から美しい妻を貰ってムーロ王国とセメンテリオ魔国を同盟に導いた。他の国との外交も上手くやっている、今度は王を説得してロンボス国を飢饉から救いもした」

「……パルス。一体、お前は何が言いたいんだ」

そこでパルスは憎々し気に笑いながら俺に言った、まるで呪詛を吐くような口調で言葉を叩きつけられた。

「本当は悔しいんだろう、兄さん。弟の僕に負けて悔しくて悔しくて堪らないだろう。だったらもっと素直に悔しそうな顔をしてくれなくちゃつまらない。兄さんより僕の方が優れているんだ。父さんや母さんも僕を選んだ、美しくて位の高い妻たちも手に入れた。ねぇ、悔しがってよ。その何でもないってすました顔を止めて欲しくて堪らないんだ」

「……確かに魔国との戦争を終わらせたり、この国へ食糧援助をしたことは凄いことだと思う」

俺はパルスが行った勇者としてふさわしい行動を思ってそう返事をした、しかし別に悔しいという感情は浮かんでこなかった。かといって弟が誇らしいとも思えなかった。無関心というのが俺の感情に一番近かっただろう。

「パルス、何度も言うが俺はもう廃嫡されてあの家を出た身なんだ。お前のことも両親のことも俺には関係がなくなったんだ。話はそれだけか？　それなら俺は仲間たちのところに戻りたい」

「……本当は悔しいくせに、僕が羨ましくて堪らないだろうに、やせ我慢が上手いよね。ああ、それともそれが兄さんの誇りってやつなのかな。教会から超越者だとか少し目をかけられていても、とても僕の功績には敵《かな》わないからね。悔しがれ、素直に悔しがってくれよ!!」

そんなふうに興奮して話す弟には昼間のような堂々とした勇者の姿はなく、まるで癇癪《かんしゃく》を起こした子どものようだった。俺はもうなるべくパルスを見ないようにして、仲間たちのところに戻った。

そして、大変光栄なことですがと丁寧に礼を言って宮殿への宿泊は断らせて貰った。あの様子ではパルスが何をしてくるのか分からないというのがその理由だ。プレスティト王の従者は快くそれを承知してくれた。俺たちはまた身体検査を受けた後、宮殿を後にして念の為に宿屋を変えて交代で見張りをして眠ることにした。

「弟はあんなに成功しているのに、どうして今更兄である俺をわざわざ傷つけようとするんだろうか」

「……本当に欲しい物がわからんのじゃ、だから誰かを貶めて優越感に浸っていないと不安で堪らないのではないかや」

「……あの弟さんはなんだか不安定だね、まるで爆発する寸前の火山のようだ。あれは周りの人を巻き込んで、いつか恐ろしいことをすると思う」

俺の問いにプリムとシオンがそれぞれが感じた答えをくれた。俺も概《おおむ》ね二人と同じ意見だ。パルスはどこか危ういところがある、まるで鞘のない剣のように危ない。

翌日は朝市で食糧を買い込んだら、俺たちは駅馬車でさっさとロンボス国を出ていった。これ以上、パルスの傍にいるのは危険だと判断したからだ。

「次はレブリック王国だな、さてどんな試練が待っていることやら？」

「レイ、試練ではないぞ。神とやらとの遊戯じゃ」

「僕もドラゴンの姿に戻れるまで君たちと一緒に行くよ、君たちといるとなんだか面白そうだからね」

俺たちの旅の仲間にシオンが新しく加わった。出会った経緯から気の良い奴なのは分かるが、少々ぬけているところがある。

「シオン、人間生活でわからないことがあったら何でも聞いてくれ」

「そうじゃぞ、我のほうが人間生活について詳しいぞ」

「うん、それじゃ。お願いしようかな、まず人間はどうして……」

駅馬車の中ではシオンが子どものように質問を繰り返した。他の乗客からは人に慣れていないどこかの箱入り息子だとみなされたようだった。

俺たちはしっかりと目的をもって生きている。パルスはどうだろうか。アイツの目的は一体何なのだろうか、俺にはどうしても分からない。それに俺の居場所をどうやって知っているのか、なにかそういったスキルを持っているのだろうか。

土の迷宮

「だから、アイツに会うのは嫌なんだ。もういっそのこと直接勝負してやろうか」

「暗殺者が一気に増えたのう、やはりレイの弟の仕業かのう」

「人間はどうして兄弟で殺し合うんだい、発情期ならまだ理由もわかるけど」

俺たちはロンボス国を出てから頻繁に暗殺者に狙われた。その回数は数えると二日に一度は襲われていることになる。おかげで交代で見張りをしながら眠ることになった。

「それにしてもシオンは結構、剣が使えるんだな」

「僕たちドラゴンが人化した時の武器はこれしかないからね、ドラゴンの時のように牙を振るうようなものだよ」

「爪と剣では随分と違うような気がするがのう」

本当はドラゴンであるシオンが装備している剣は自分の牙を変化させたものらしい。その切れ味は素晴らしくよかった。また、シオンはようやく人間の体を使いこなせるようになったようだ。

「二人とも巻き込んで、申し訳ない」

「なぁに、我は対人戦の訓練ができて助かるくらいぞ」

「僕もこの体の使い方が分かってきたよ」

シオンは最初の方こそ守られるだけだったが、体の動かし方を覚えるにつれて人間よりも速く動くようになった。また、その体はドラゴンが変化したものなので頑強で、普通の剣では傷一つ負わないのだった。

「人間の生活は面白いなぁ、特に僕はこのベッドっていうものが気に入ったよ」

「シオンは何というか凄いな」

「天然というやつじゃな」

駅馬車の移動中もシオンはぐっすりと眠っていることが多かった。とにかく眠ることが大好きなようだ。あれだけガタガタと揺れる駅馬車でも器用に睡眠をとっていた。

「この砂糖漬けと干した果物が僕は気に入ったよ、僕でも作れないかな」

「オーガの一匹でも狩って皮を剝がせば、砂糖漬けでも干した果物でも買えるぞ」

「今度、オーガ狩りをするのじゃ」

五つ目の迷宮があるレブリック王国へ向かっていたが急ぐ旅でもないので、途中でオーガ狩りをしたりした。そして、シオンに魔法での皮の剝がし方と冒険者ギルドでの売却の仕方、他にお金の使い方を教えておいた。

シオンはドラゴンだけあって魔力が高く『無限空間収納《インフィニットスペースストレージ》』の魔法をすぐに覚えた。これで財布を持つ必要もない。シオン自身は甘い物が買えるようになって大喜びをしていた。

また、冒険者ギルドでシオンにもギルドカードを作っておいた。

名前　：イントゥシオン
レベル：102
年齢　：153
性別　：男
スキル：剣術、怪力、魔法剣、全魔法、飛行、ブレス、毒無効、神々の祝福、龍王の祝福、
　　　　神々への挑戦者

また誰にも見せられないギルドカードが一つ出来上がった。ギルド職員からはカードを受け取ると同時にすぐに隠して中身を見せないようにした。もっともシオンの相手をしたギルド職員はその美貌に釘づけになっており、ギルドカードの年齢やレベルなど異常な点に気づかれずにすんだ。

「おっ、もうすぐレブリック王国の都だぞ」

「美味しいお菓子があるといいね」

「美味しいものがあるといいのう」

レブリック王国の都に入ってすぐに飯屋と甘味を探して、露天商を片っ端から巡ったのは言うまでもない。プリムは豚肉と米という食べ物が気に入っていた。シオンはまた別の果物でできた砂糖漬けを手に入れていた。

さて、肝心の迷宮はすぐに見つかった。レブリック王国でもその迷宮は有名だったからだ。有名なのだが人気の無い迷宮でもあった。

「まぁ、ゴーレムがこれだけ出てくれれば人気もないだろうな」

「ゴーレムは魔石以外売るところがないからのう」

「ここの迷宮は変わっているね、道がどんどん変わるよ」

ゴーレムたち自体はアダマンタイトの剣をもっている俺の敵ではなかった。この剣でならゴーレムもバターのように切って壊すことができた。問題なのは迷宮の構造が時間が経つと同時にどんどん変わっていくことにあった。

「この道は印がつけてあるから、さっきも通った道だな」

「むう、地図を作っても、作っても、構造がころころ変わるからキリがないのう」

「そうだね、この道を行かないと厳しいね」

「そうか、道を行かないといけないのかってシオン!!　道があったのか!?」

「それは早く言って欲しかったぞ!!」

「ああ、ごめん。僕もさっき見つけたところだった。一つだけ違う土で作られた道があるみたいだ」

俺とプリムはシオンが指さした地面を見たが、二人ともその違いが分からなかった。俺とプリムだけでは数カ月くらいこの迷宮で彷徨っていたかもしれない。シオンに感謝しながら俺たちは正しい道を辿り始めた。

「あちこちに人骨があるのが怖い。この迷宮はシオンがいなければかなり厄介なところだ」

「帰ろうとしても帰り道が分からなかったのであろうな」

「誰が作ったか知らないけど、遊びで作ったんならもっと楽しい遊び方をすればいいのに」

時々、ゴーレムに加えてゾンビやスケルトンなどが襲い掛かってきたが、プリムの光属性の浄化魔法でなんなく消えていった。来世があるならそこで幸福にと祈っておいた。

「あれが欠片の番人かな？」

そう言ってシオンが指さした先には一際大きなゴーレムが待ち構えていた。大きさはちょっとした屋敷くらいはあるだろう。

幸い飛翔できるくらいの広い空間だったので、ゴーレムの振り回す腕を避けながら隙をみて片腕を切り落とした。そして、ひと息いれた瞬間に切り落とした腕が宙に浮き、俺はその腕に殴られて壁に叩きつけられた。

「レイ!?」

プリムが近くにやってきて光の治癒魔法をかけてくれているのが分かった。ドラゴンの皮は刃物などは通さないが衝撃を全て消してくれるわけじゃない。完全に油断していた俺の失敗だった。

「さぁ、さぁ、君の相手は僕がしよう」

俺のことをプリムが魔法で治療してくれている間、ずっとシオンがゴーレムを引き付けてくれていたようだ。

失敗

「すまん、プリム助かった」

「れ、レイ。無理をするでない、お主内臓がいくつか潰れておったのじゃぞ」

「さすがはプリムだ、治癒の魔法。助かった、ありがとう」

「だから、無理を……言っても聞かぬようじゃな。この頑固ものめ!!」

俺はプリムの頭を少し撫でてから、巨大なゴーレムを引きつけておいてくれたシオンのもとに戻った。

「すまん、シオン。時間を稼いでくれて助かった」

「元気があるようでなによりだ、このゴーレムは手強い。手足をいくら切り落としても無駄だった、きっと体の中に核があるんだと思う」

俺たちは巨大なゴーレムの攻撃を躱しながら打開策を考える。乱暴だが、魔法で核があるらしき場所を壊していくしかないのか。いや、ゴーレムも魔道具だとすればその核の部分には魔力が集まっているはずだ。

「シオン、こいつはしばらく俺が引きつけるから、魔力が強く集中しているところを攻撃してくれないか」

「わかったよ、任せてくれ。土属性の魔法は得意な方なんだ、……さてこの子の核はどこにあるのかな」

巨大な腕を振り回すゴーレムから飛翔して避けて回る、シオンに攻撃が当たりそうな時には結界を五重に展開して守り抜いた。

「わかったよ、そこが君の核《こころ》だね」

シオンがすうっと息を大きく吸い込んだ、そして、ゴーレムの左腰辺りめがけてブレスを吐いた。

俺もシオンの攻撃に続いて、魔法で炎の槍を叩きつけた。地上で隠れていたプリムも激しい雷撃を同じところに打ち下ろした!!

ぐおお、おおおおぉぉぉ

どうやらゴーレムの核を破壊できたようで、巨大なゴーレムは崩れ去っていった。そして、ゴーレムがいたところに透明で透き通った薄ら茶色い欠片が現れた。すかさず、俺はその欠片を手に取った。

「レイ、欠片が手に入ったなら逃げようか。時間が経つとあのゴーレムは復活するみたいだよ」

「おう、欠片は手に入れた。早くプリムを連れて逃げよう」

俺たちは何とか無事に欠片を手に入れて、巨大なゴーレムがいた部屋を逃げ出した。プリムが俺に抱きついてきたから、抱き抱えながら逃げ続けた。帰り道もシオンが案内してくれたおかげで迷うことなく、時々ゴーレムと戦いながら迷宮から無事に脱出できた。

「はぁ、今まで一番危なかった。俺が油断をしたからいけなかったんだけど」

「れ、レイは馬鹿じゃ。我はレイが死ぬかと思うたわ、レイは馬鹿じゃぁあああぁ!!」

「おやおや、レイ。女性には優しくしなきゃね」

そのままシクシクと泣き続けるプリムを抱っこしてレブリックの都に帰ることになった。都に帰りつくころにはプリムは泣き疲れて眠っていた。そのまま寝かせてあげたかったけれど、土の迷宮のせいで俺たちは泥だらけだった。

俺たち三人は交代で水浴びをして体を綺麗にした。その後は俺が厨房を借りていつもの野菜スープと猪の串焼きを大量に作った。三人ともお腹がすいていたから、大量に作ったはずの料理は見事に無くなった。

「レイは馬鹿じゃ、許さぬ。決してゆるさにゅ……」

「はいはい、プリム。ご苦労さま、ゆっくりと眠ろうな」

「レイは眠らないのかい?」

シオンの言葉に俺は無言で窓の外を示した。また弟がよこした暗殺者が来ているようだったからだ。

「ちょっと行って、サクッと片付けてくる」

「そうかい、ではプリムのことは任せておいてくれ」

俺が窓から出て裏路地に入ると殺気を放った暗殺者の二人が追ってきた。俺は最速で斬りかかってきたそいつの首を刈り取った。そして、もう一人に言う。

「パルスに伝えろ、いい加減にこんな馬鹿なことは止めろってな。それとも、お前もここで死ぬか?」

「…………承知した」

暗殺者の一人は仲間があっさり殺されたのを見て慌ててその姿を消した。俺は都を守る兵隊にいつものように襲われたことを告げ、遺体の場所まで案内したが既に遺体は誰かに荒らされた後だった。これもよくあることだ、裏通りで生きている者は逞しい。死体の物を盗っていくくらい珍しい話じゃない。

「これでいい加減、パルスも諦めればいいんだけどな」

結局、血の匂いがついてしまったのでもう一度俺は水浴びをするはめになった。シオンは俺が帰るまでプリムを守って起きていてくれた。見張りを交代してプリムのふわふわのしっぽをブラッシングしてやる。眠っていて意識もないのにいつもどおり抱きついてきた。

俺は半分は眠り、半分は無意識に索敵をしながら横になった。しばらくするとプリムが起きてきたので見張りを代わって貰った。今度はプリムがずっと俺の髪の毛を撫でていたようだった。気持ち良く眠ってしまったからその後のことは分からなかった。

「レイ、もう欠片のことは忘れて魔国にでも行って暮らさぬか」

「いきなり何をって、ああ。俺が大怪我をしたからか？」

「我はもうレイが傷ついて死にかけるようなところは見たくない」

「あれは俺の油断が招いた事態だ、迷宮にいたからじゃない」

「迷宮自体が危ないところではないか、我はもう行きたくないぞ」

起きてからプリムはこう言って耳を塞いでしまった。俺はその両手をつかんで耳から離して聞いてもらう。

「プリム、どんなにレベルが上がっても、どんなに強くなっても死ぬ危険はどこにでもある。でも、そんな俺をプリムは助けてくれただろ。俺は行くぞ、最後の迷宮に。前に言っただろう、プリムは俺がどんな姿になろうとついてきてくれると」

「れ、レイの頑固者め。そう言われてしまったら我も、我も行かずにはいられないのじゃ」

プリムは俺に抱きついてまたわんわん泣いた。俺はよしよしとその頭を撫でてやる。人間どこに行ったって死ぬ時は死ぬのだ、どうせどこで死ぬのか分からないのなら思いっきり人生を楽しんで生きてやる。

……とここで控えめだが切羽詰まった声がかかった。

「ああ、君たちの仲が良いのは良いことなのだが、そろそろ朝食にしないかね。まずは食べるものを食べないと元気も出てこないものだよ」

そう言って気まずげにシオンは苦笑していた。俺とプリムは顔を見合わせて思わず気まずくなりお互いに苦笑いを返したのだった。

水中での攻防

「最後の迷宮はどこにあるのかのう、ゼームリングは既に滅んだ国だからの」

「それなら僕に心当たりがあるよ」

「本当か、シオンどこだ」

俺たちは宿屋の厨房を借りて作った朝食を食べながら、次の迷宮について話していた。シオンは食べていた砂糖漬けを飲み込んだあとにこう続けた。

「僕の母がまだ僕が幼い頃にここがあの昔話のところよと言っていた。母に思念を送って詳しく場所を聞けば迷宮を見つけることができると思う」

「……思念を送るって、ドラゴンってやっぱりすごいな」

「そんな上級魔法、人間なら使えないのう。上級魔法の使い手がそう沢山はおらんからに」

「ただし、次の迷宮には僕はついていけない」

「うん、どうしてだ？」

「何か問題でもあるのかや？」

シオンはバターたっぷりのパンの上に、これまたたっぷりのベリーのジャムを乗せながら言った。

「ゼームリングの迷宮は水の中にあるんだ、僕は水属性の魔法が得意ではない」

その後、母親に思念を送ってシオンはゼームリングの迷宮の詳しい場所を聞きだしてくれた。俺たちはいつも通りに駅馬車で近くの街まで行き、そこからは徒歩で迷宮にむかった。

「これが海か――!?」

「とても広くて、それにちょっと塩辛い風だのう」

「さぁ、二人とも僕に摑まって、ゼームリングの迷宮へ案内するよ」

右手と左手で抱え込まれるように飛翔するシオンに運ばれて、俺たちはゼームリングの迷宮の入口に辿り着いた。海の中に巨大な穴がどこまであるのかわからないほど深く広がっていた。

「シオンはここまでありがとう、プリム、この迷宮ではお前が頼りだ。頼むぞ」

「うむ、我に任せよ。必ずや最後の欠片を見つけてみせよう」

俺とプリムは命綱をつけて二人で海の中に飛びこんだ。プリムが魔法で空気の大きな泡状の結界を作ってくれているので苦しくはない、だがいつまでも潜ってはいられない。

時間制限はプリムの魔力がきれるまでだ、今回プリムは海水から結界内に空気を作り出すことだけに集中する。何かに襲われたら攻撃は俺の役目だ。

「こっちじゃ、何かがそう呼んでおる」

「ああ、分かった」

プリムに連れられて深く、深く潜っていく。いつの間にか俺たちはお互いに手を繋いでいた。魔法が破られたら溺死する、こんな状態での心への重圧は半端じゃない。

俺たちはそれをお互いに手を繋ぐことで和らげていた。プリムへの信頼が心を落ち着かせてくれる、それはプリムも同じようだ。

〝こっちだよ、そっちは何もないわよ〟

〝こっちよ、こっちだってば〟

〝嘘じゃないよ、貴方たちを助けたいのよ〟

海の中の迷宮は複雑に枝分かれしていたが、プリムは迷うことなく一つの道を選んで進んでいった。

途中で俺たちを惑わすかのように人魚たちに声をかけられたが、プリムがその声に惑わされることはなかった。人魚たちは俺が少し魔法で脅してやると、耳障りな笑い声を残して去っていった。

気の遠くなるほどの時間、いや実際にはそんなに時間は経っていないのだろう。同じような海中の風景ばかり見ているから、時間がやけに長く感じるだけだ。

「やったぞ、レイ。ここだ、着いたのじゃ」

「よくやったぞ、プリム。――プリム、危ない!?」

巨大な触手が俺たちを狙って素早く伸びてきた。俺は咄嗟に飛翔の魔法を使ってプリムをひっぱりその触手を避けた。そこにいたのは烏賊《いか》と蛸《たこ》を合わせたような生き物、巨大なクラーケンという魔物だった。

「プリム、役割の交代だ。俺が飛翔の魔法であの触手から逃げ回る、この中の空気が残っているうちにあいつをどうにか倒してくれ」

「うむ、承知した!!」

俺は水の魔法が得意ではない、人魚くらいなら倒せるがこんな大物相手は倒せない。対してプリムは水魔法が一番得意な魔法だ、今の状況ならばこの方法が一番良いはずだ。

ぬおおおぉぉぉぉぉおおおぉぉぉ!!

水の中だから音がこもって聞こえる、また触手が俺たちを狙ってきたので飛翔の魔法で何とか避ける。空気中なら素早い魔法だが、水の中では思った以上に抵抗を受けてしまう。

何度も何度も触手が俺たちを狙ってくる、それを俺は魔法を制御して紙一重で躱し続けた。プリムはずっと大きな魔法の魔力操作に集中していた。

「我の魔法を受けてみや!!」

ごぼぼほがぼぼぼぼごぼごぼぼ!!

飛翔中の泡の中の空気も残り少なくなって、息も絶え絶えになって来た時。プリムの魔法は完成した。その大魔法は大きく鋭い水の刃となってクラーケンを見事に切り裂いた。

「はははは っ、これが最後の欠片だ!!」

俺は最後の欠片を手に入れるととっておきの魔法の魔力操作をしはじめた。プリムは俺の行動に気がついて残った魔力で水の結界を引き継いでくれた。このままプリムに結界をまかせたまま移動しても海面までは魔力がもたない。

それならば、これはどうだ。

「プリム、摑まれ!!　『瞬間移動《テレポーテーション》』!!」

無属性魔法の、俺がずっと研究していた魔法だ。使うのは実は初めてだ。だが、絶対に成功すると信じる、俺の手を握ってくれている小さな手のぬくもりがそう信じさせてくれる!!

その次の瞬間、俺たちは二人揃って水の中に放り出された。

ゲームオーバー

「けほっ、けほっ、けほっ」

「うげっげほっ、プリム。大丈夫か？」

「うむ、少し水を飲んだだけだの」

「そうか、あー良かった」

俺の『瞬間移動《テレポーテーション》』はほとんど成功した。ただ、飛距離が少し足りずに海中に移動してしまったことだけが失敗だった。

「二人とも大丈夫かい、今引き上げてあげるからね」

「助かる、シオン」

「シオン、頼りになる男」

俺たちはすぐに飛翔の魔法で飛んできたシオンに拾いあげて貰って海から脱出した。その後は盥《たらい》を『無限空間収納《インフィニットスペースストレージ》』から取り出して、シオンに真水を出して貰って体と服や装備を洗った。

「もう当分、海は嫌だの」

「同感」

「お疲れのようだから、宿屋までは僕が運んでいくとしよう」

俺たちはシオンに抱き抱えられて宿屋まで連れて行かれた。それだけ消耗していたんだ。周囲の視線は痛かったが、もう指一つ動かすのですら辛かった。そして、宿屋に着くと当然のように二人で爆睡してしまった。

「おはよう、二人とも体は大丈夫かい？」

「ああ、おはよう。シオン、うーん。良く眠ったから大丈夫だ」

「おはようなのじゃ、体の調子も良さそうぞ」

それから厨房を借りて大量の朝飯を食べるまでが、いつもの俺たち三人の朝の風景だ。さて、食事をすませてから問題の六つの欠片を取り出した。最後の欠片は透き通ったガラスのようで薄らと青い色をしていた。

「なにが起こるか分からん、宿屋を出て街の外で組み立ててみよう」

「僕も行っていいのかい？」

「シオンがいなかったら、我らは最後の迷宮まで行けてないのう」

ロンボス国の風の迷宮でシオンを助けていなかったら、俺たちは土の迷宮を踏破できなかっただろうし、最後の水の迷宮に至っては場所さえ分からなかった可能性が強い。だからシオンにも、この欠片の完成に立ち会う資格があるはずだ。

「いいか、やるぞ」

「準備はできておるぞえ」

「ああ、いいよ」

それから街を出て広い荒野で俺たちは六つの欠片を組み立てた、すると次の瞬間には俺たちは見知らぬ建物の中へと移動していた。

そこは今までに見たこともないような素材でできた建物だった。透明度の高いガラスの窓があって、見れば全面に星空が広がっていた。

「前マスターの死亡を確認後、お待ちしておりました新マスターの皆さま」

シュンと扉が何もしていないのに横に移動して開いて、黒髪に黒い瞳の美しい女性がそう言って俺たちを嬉しそうに見つめていた。

「いろいろとご説明が必要でしょう、お茶をご用意いたしますのでこちらへいらしてください」

「あ、ああ」

「むう、分かった」

「あれっ？」

俺たちは全面鏡張りの大きなソファがある部屋に案内された。そこの窓からもやっぱり星空が見えた。そして、一つだけ大きな星が見えた。綺麗な緑と青の入り混じった星だった。

「私はリプロダクションと名付けられております、どうぞお好きなようにお呼びください」

さきほどの女性はそう言ってお茶やお菓子を用意し、毒見をしますので失礼しますと言ってからお茶を飲んでお菓子を食べてみせた。そこからはお茶をしながらの話になった。

「ではリプロダクション、ええとリープと呼ばせてくれ。リープ、ここって一体何なんだ。あんたは誰であの欠片は何の意味があったんだ？」

「うむ、とっても気になるの」

「美味しいお菓子だね」

約一名はお菓子に夢中だったが、リープはそれを気にもせずに俺たちを愛おしそうに見て話し始めた。

「わかりやすく申し上げますと私は貴方様で言うところの魔道具です、人間に見えますが人間ではございません。ただ貴方様たちにお仕えするだけの機械なのです」

「なっ!?」

「むぅ!!」

「あっ、やっぱりそうなんだ」

驚きの声を上げた俺とプリムに対して、シオンは納得した表情でお菓子に噛り付いていた。

「呼吸をしている様子がないから、普通の女性ではないと思ったんだよ」

「お前、よくそんな細かいところまで見てるな」

「むう、シオン。本当に頼れる男」

そんな俺たちを見て微笑みながらリープはとある男性を見せてくれた。まるでその場にその男がいるように見える幻影が現れた。

「あっ、この男。ずっと前に行方不明になった奴」

「探されていた、ケントルム魔国で」

「僕は初めて見るな、それでこの人は一体誰なんだい？」

「彼こそが私の前マスター、あそこにある惑星の持ち主でした。惑星というのは貴方たちが住んでいた世界のことを言います。そして今の惑星の持ち主は貴方たちになっております」

「あれが!?」

「我らの住む世界？」

「そうだったのか、何だか実感がわかないね」

突然、自分の住んでいる世界が貴方の物ですと言われても、シオンの言う通りだ実感がわかない。というかまず、自分があんな丸い小さな惑星にいたのかと思わず窓の外を見つめてしまった。

「あの惑星は前マスターが購入した遊技場だったのです、既に生息していた生き物にレベルという概念を与え、生物自体の改良、そして魔法という元々あった法則を利用し、そんな世界でランダムに様々な冒険ができるという高度な遊技場でありました」

神々の世界

「さて、貴方たちはあの惑星の主であると同時に私のマスターになられました。どうか私にご命令を。新しい遊戯《ゲーム》を始められますか？」

自らを魔道具だと名乗るリープは俺たちによくわからない提案をしてきた。ゲームとは一体なんだろう。いや、その前に聞いておきたいことがある。

「どうして俺たちが主人になるんだ、それはあの欠片を集めてまわったせいなのか？」

「そうです、その時行っていた遊戯の勝利者が次のマスターになります。これは前マスターが遊戯中に亡くなった場合のご遺言でした。この惑星で行われていたのは命をかけた遊戯なのです。前マスターは冒険の過程で死亡しても構わないというほど、……この遊戯が本当に好きな方でした」

俺たち三人は顔を見合わせた、話が大きすぎてついていけないというのが正直なところだ。そんな俺たちにリープは問いかけてきた。

「新マスター、どうか私に新しいご命令をください。新しい遊戯《ゲーム》を始められますか？　どのような設定になさいますか？」

俺の知らない違う世界、俺は咄嗟に情報が足りないと思った。俺たちの世界を今後どうするにしても、何も知らなければ手の出しようがないのだ。

「リープ、俺はお前たちの言うゲームという物がよく分からない。だから、教えてくれ。この世界のことを、今の俺たちの立場を知りたい」

「うむ、我もこの世界のことを知りたいぞ」

「僕にも分かりやすく、できれば簡潔に頼むよ」

「はい、私でよろしければこの世界の知識を余すことなくお伝え致します」

それから俺とプリムはこちらの世界について学んでいくことにした。ゲームというものがなんなのか、こちらの世界には何があるのか。俺たちが学ぶことはいくらでもあった。

「それにしても世界は広いな、この広大な、う、宇宙？　それがまた別の広い世界に繋がっているなんて凄い。ここがいつも見ていた月だっていうのもまだ信じにくい」

「ここでは綺麗な星空がいつでも見られるのう、本当に不思議な気分じゃ」

「ふふふ、レイさま。プリムさま。貴方がたはその広い宇宙の惑星のいくつかをお持ちなのですよ」

自分たちの住んでいた世界がひどく小さく感じる。実際に俺たちの住んでいた大陸はパラディース大陸というそうだが、国が十四しかないあの星の中でも小さな大陸だということだった。そんなところに狭い世界に住んでいた俺たちが今では他にも惑星を所有していることになっているらしい。

「…………惑星って凄く高い物なんじゃないか？」

「そう言われても、よく分からんのう」

「遊戯用、ゲームとして使われていた惑星はあれ一つですが。他にも希少な金属の採掘用などで五つほど惑星をお持ちになっております。全ては私のような人造人間、魔道具が採掘・管理作業などを行っておりますので、金銭に関してはご安心ください」

とにかく今の俺たちがこちらの世界では凄いお金持ちだということも分かった。なんと言ってもいくつもの惑星を所有できるくらいお金があるのだから驚きだ。

「…………さすがに星にいる人間は俺たちの持ちものじゃないよな」

「奴隷制度は嫌じゃ、できればそうでないほうがいいのう」

「彼らにも人権はあり、政治に参加することも認められておりますのでご安心を」

惑星の中に住んでいる人々に関しては俺たちに所有権はない。政治に関しては俺たちもその惑星の住民の一員であり、自治権を使ってあの惑星の人々全員が星の政治に参加しているという扱いらしい。

「僕は今の僕が気に入っているからね、あの星へ帰るよ」

「シオン、無理はするなよ」

「うむ、次会う時まで元気でいるのじゃ」

シオンは簡単な説明を受けた後、ゲームの世界へ帰っていった。ただしゲームマスター権限を行使して、瀕死の重傷を負った場合は強制的にこの基地まで転送される機能をつけた。なにせまだ人化が解けていなかったからだ、危なっかしいことこのうえなかった。

「いつも怪我をしている時ばかりで、僕が格好悪いじゃないか」

「今度は何をして死にかけたんだ？」

「シオン、頼れる男なのに実は運が悪いのかや？」

「発情期のオスたちの喧嘩に巻き込まれちゃって、僕の発情期はまだ五十年も先なのにね」

「……そういうのをイケメン爆発しろと言うらしい」

「シオン、発情期がきたらモテモテで大変じゃ、今から覚悟しておくとよい」

こうしてシオンは時々は元気で、時々は瀕死で俺たちの住んでいる基地に運び込まれることになった。

「シオン、このお菓子も食ってみろよ」

「次はこちらも食すのじゃ」

「ありがとう、こちらの世界の食べ物はとても美味しいね。特に甘い物が良い」

シオン本人は至ってのんびりしていて、いつも来るたびに大量のお菓子を食べて帰っていった。

人化の術もようやく解くことができたらしいが、ここに来る時はいつも人間の姿だった。

「形式科学、自然科学、社会科学、人文学、応用化学、こんなに沢山知識がある。かえってどれを選んでいいか分からん」

「我はレイの傍にいたいが、レイはいずれあの星に帰るかや？」

「そうだな、この基地は第二の故郷とする。いずれはあの星に帰るつもりだよ」

「分かったのじゃ、それなら冒険者に必要な学問を学べばよいのではないかや」

こうして俺たちは冒険者に必要だと思われる学問を片っ端から学んでいった。睡眠時にも専用の機械があって眠りながら学習できたりした。

「レイ、レイ、それは痛いかや？」

「いや、ちょっと押されたような感触があっただけだよ」

「んん？　なんだ、ちっとも痛くないのじゃな。怖がって損をしたのじゃ」

「機械っていうのは凄いものだな。あっ、こうやって情報を引きだすのか」

学びきれない知識はナノマシンというとても小さな魔道具という機械、それを体の中に数カ所埋め込んで貰うことで解決した。これは持ち主が瀕死の重傷を負った時などに信号を発し、緊急帰還を可能にすることもできる機械だった。シオンに埋め込まれた物と同じものだ。

ただし、即死した場合はさすがに対応できないらしい。それでも生存率が非常に上がる、ち、ちーと？　と言っていいだろう。

俺たちはそんな日常を過ごしつつ、知識を吸収していった。

バトルルーム

「あの惑星で使える全魔法のリストがある、読んでいて楽しいがレベル上げもしたいな」

「我もじゃ、いろいろと学んだから早く試してみたいのう」

俺たちがそう言っていたら、リープが控えめにそっと口を挟んだ。リープはいつもそうだ、大人しく俺たちの命令をそっと傍に控えて待っている。

「お望みならば特製のバトルルームで疑似的な戦闘訓練が行えます、今すぐにご用意致しましょうか。そこで得た経験ももちろんレベルに反映されます」

「是非、頼む!!」

「体を動かしたかったところなのじゃ!!」

リープはすぐに俺たちを広くて一見なにもない白い建物に案内してくれた。かなりの広さがあって王宮が二つ三つ入りそうな気がする。

「ここがバトルルームか、なんか俺たちの世界と変わりがないな」

「太陽もあって、草木も生えておる。まるで外の世界のようじゃ」

グラアアアアアアアアアアアアアア!!

「プリム、敵だ。魔法で援護を!!」

「了解じゃ!!」

当然、十数匹のオーガの集団が現れた。俺はとりあえずプリムを抱き抱えてそいつらから距離をとった、そして離れたところからプリムに魔法で援護させて俺自身は一匹ずつオーガを倒していった。

「おらぁ!!」

「我の魔法を受けるがいい!!」

俺の剣がオーガの体を切り裂く、その感触も剣の重さもいつもの世界と何も変わりはなかった。

俺たちの周囲を囲まれないように注意しながら、俺はオーガを屠《ほふ》り続けた。

続いてプリムの雷の魔法が複数のオーガを直撃し、黒焦げとなり彼らはそのまま倒れた。

「凄い、これが仮想空間だなんて忘れてしまいそうだ」

「流れる魔力もその威力も同じなのじゃ、素晴らしいのう」

そうバトルルームの感想を言っていると今度は周囲の景色が山に変わった、襲ってくる魔物はハーピーやワイバーン、それにグリフォンまでいた。

「ええい、燃やし尽くす!!」

「我の雷を受けてみや!!」

空を飛ぶ敵には魔法しか効果が無い。俺たちは一番得意な魔法でそれぞれ魔物たちを撃ち落としていった。

こんなふうにしてバトルルームで訓練プログラムは続いた。中には難しいプログラムもあり敗北することもあった。

「……うぅ、負けた。プリム、どこが悪かったと思う」

「……うむぅ、最初の位置取りが運が無かったのう」

「でも、現実ではその言い訳は通じないぞ」

「特訓じゃ、我ももう少し身体的に鍛えるのじゃ」

成人男性である俺と違ってプリムは体が小柄な分、どうしても戦闘では力という面で押し負ける。その弱点を克服するのだと言って、プリムは自主練に励んでいた。何百、何千という挑戦の果てについに、人狼族として成長し怪力のスキルを手にいれていた。プリムは凄い。

「これで少しはレイの負担を減らせるのじゃ、レイも鍛えることを怠ってはならぬぞ」

「おう、プリムを守れるように俺も鍛えるぞ」

俺は既に怪力のスキルは持っていたので、速さと立体的な動きを中心にバトルルームで鍛えていくことにした。プリムと同じように様々な敵と戦い何百、何千という戦闘経験から二つのスキルを入手した。

「プリム、縮地と空間跳躍のスキルを獲得したぞ。これで前衛としてもっとよく戦える」

「縮地というのは速さのスキルだとわかるが、空間跳躍とはなにかえ？」

プリムの言ったとおり縮地は速さを一時的に引き上げるスキルだ。もう一つの空間跳躍とは魔法の応用で、一時的に無属性魔法で空間に足場を作って立体的に動けるスキルなのである。二段ジャンプの無限版だと考えればいいだろう、俺の魔力が続く限り使えるスキルである。

「むぅ、どちらも便利そうなスキルよのう。よぉし、我も習得するぞ!!」

「ははははっ、プリムにこれができるかな」

俺の挑発にプリムはまた特訓してスキルの習得に励んだ、その結果として縮地の方だけは習得した。空間跳躍には魔力を使用するので飛翔の魔法の方がプリムには効率がよく結局のところは習得できなかった。

「悔しいのじゃ、我も空を飛び回りたいのじゃ!!」

「飛翔の魔法で充分だから、このスキルは近接の俺向きだよ」

そうやってバトルルームを利用していたら、レベルは恐ろしいほどの勢いで上がっていった。一年も経ったらこうなっていた。

名前　：レイ
レベル：972

年齢　：23
性別　：男
スキル：剣術、怪力、縮地、空間跳躍、魔法剣、全魔法、獣の目、状態異常無効、
　魔王の祝福、神々の祝福、龍王の祝福、ゲームマスター

名前　：プリムローズ
レベル：975
年齢　：16
性別　：女
スキル：剣術、怪力、縮地、全魔法、状態異常無効、神々の祝福、龍王の祝福、
　ゲームマスター

「ぷ、プリムに負けた」

「ふふふふふ、レベル上げは我を裏切らないのじゃー!!」

とうとうプリムにレベルを追い抜かされたりした。でも日常的に勝ったり負けたり、対人戦の訓練として対戦していたからプリムのことは誇らしく。少し悔しさもあったが長続きはしなかった。

プリムの言う通りレベル上げは自分を裏切らない、そして一緒にできる仲間がいると二倍以上に楽しいと知った。

第二の故郷

「そもそも、魔法ってどんな理論で発動できているんだ？　リープに聞いたが、難しくて全く理解できなかった。独自の物理法則とナノマシンがどうとかこうとか」

「レイもか、我も聞いたが異なる物理法則がどうの、ナノマシンがどうので分からなかったのじゃ。…………発達し過ぎた科学は魔法と何も変わらんそうじゃが」

「この世界では科学と魔法が両立しているのです。もしその研究をなさりたいのならば資料等を提供しますが、多くの時間を消費します。具体的に言えば人生を捧げる覚悟が必要かもしれません」

俺たちの素朴な疑問にリープはとんでもないことを言う、俺たちはそこまでして特殊な物理法則とか科学を追求するつもりはない。プリムも真っ青になって首をぶるぶると横に振っていた。

「そういえば地上ではここは神々の住む世界みたいに言われてたけど、神様って本当にいるのか？」

「スキルでも神々への挑戦者とあったのじゃ、リープは神さまなのかや？」

「いいえ、ゲームの設定として私たち人工知能を神としているだけです。全マスターの意見では神々はもっと他のところにいらっしゃいます」

「へぇ、どこにいるんだ」

「うむ、どこなのじゃ」

リープはにっこりと微笑み、俺とプリムの方を指さした。

「神々はその人間の心の中にいらっしゃるそうです、様々な考えや姿を持って」

俺とプリムはお互いの顔を見合わせた、どうやら明確な神さまというものがいるわけではないようだ。でも、リープの言うことは真実の一片を含んでいるんじゃないかとも思った。

「ああ、これも聞いてみたかったんだがプリムはフィルス魔国の魔王なんだろう。でも今は別の王が国を動かしていると聞く、このあたりはどういうシステムになっているんだ？」

「我に魔王の自覚はこれっぽちもないが、それでも良いのかのう」

「人国、魔国に限らず『王』というのは特別な役職だとゲームでみなされています。そして王だけの権限として、スキルを授けたり、ある程度の環境のコントロールができたりします」

「王と認められた者にだけ使える機能があるわけだ」

「フィルス魔国はそれを使えないのかや、それは不便だが仕方ないのう」

「過去にも王の称号を貰った者と実際に治めている王が違っていることはありました。それはその国の自由ですので、多少の不便さはあってもプリムさまが気にすることではありません」

「そっか、良かったな。プリム、お前の責任じゃないもんな。悪いのはプリムを追い出した連中と王位を譲った前王だ」

「ちょっと気が楽になったのじゃ、我は王でありながら全責任を放棄しているのではないかと思っておった。向こうが欲しがらない王なら、いなくても仕方がないの」

「はい、重ねて申し上げますがプリムさまには何の責任もございません」

俺はプリムにある日聞いてみた。

「プリム、ここは楽しいがそろそろ俺たちの故郷にも戻らないか？」

「おお、そうじゃな。ここがあんまり楽しいからいかんのじゃ、そろそろ帰らねばな」

俺たちが一時的にゲームの世界に帰ることを告げるとリープは寂しそうな顔をした。通信もできるナノマシンを埋め込んであるから、リープとはそれで情報の遣り取りをすることにした。

「俺たちのことは衛星から常に見えてるんだろ、必要だと思った情報は遠慮なく俺たちに教えてくれ」

「そういえばスキルに神の祝福や、神々の祝福とあるが。これの違いはなんなのじゃ？」

リープはプリムの問いに少し寂しそうに、また懐かしそうに笑って答えてくれた。

「あのゲーム用の惑星は複数の人工知能を備えた衛星で常にモニターされています。神の祝福や神々の祝福は、前マスターが許可したそれぞれの人工知能が気に入った生命体への細やかな贈り物です。お嫌なら、スキルを全消去致しましょうか？」

俺は思った、いいじゃないか。人工知能にもそのくらいの楽しみがあってもいい。プリムの方を見るとうんうんと彼女は頷いた、特に反対する気はないようだ。

「その機能はそのままでいい、これからも皆で俺たちを見守っていてくれ」

「我らが頑張る姿を応援してくれると嬉しいのじゃ」

俺たちの言葉にリプロダクション、リープは花が咲いたような笑顔で恭しく頷いた。そこで俺はふと疑問に思って聞いてみた。

「神の祝福というスキルを持っている弟がいるが、何故か俺の居場所を事前に知っていることがある。それもこのスキルに関係あるか？」

「それでしたら本人の望んでいるものを知る力、神託をその者を見守っている人工知能から受けているのでしょう」

「……俺もその神託を受けたことがあったか？」

「フィルス魔国とアーマイゼ魔国との国境付近で一度だけ神託を受けておられます」

「それじゃ、パルスの神託だけ消すわけにはいかないか。フェアじゃない、ううう。またあの弟《ばか》に付きまとわれるのか!?」

「我もそうじゃが、レイもとんでもない身内を持っておるのう」

「…………心中お察し致します」

そんな遣り取りがいろいろあって、荷物を持って俺たちは転送装置に入る。そして、リープは新たに出発する俺たちに見送りの言葉をくれた。

「遊戯ではなくあの世界の現実《リアル》を日常としてお楽しみになりたいという願い、必ず守ってご覧に入れます。どうか御身を大事に、日々をお楽しみください」

「おう、またこっちにも帰ってくるからその時はよろしくな」

「うむ、ここは我らの第二の故郷じゃ。大事に守っておいておくれ」

そう挨拶をして俺とプリムはとりあえずディレク王国に転移させてもらった。さて、これからまた新しい冒険の日々だ。プリムと二人で思いっきり楽しんでいきたい。

俺たちは前マスターとは違う、現実《リアル》をゲームだとは思えない。だから緊急転移も使用することにした。それに必要な時はリープたちとの通信だって可能だ。前のマスターのように命をかけてまでゲームを楽しむようなことはしない。

さて、一年経ったあの惑星ではどんな出来事が起きているだろうか。

再会

　ディレク王国の草原に転移して貰ったら、そこでは懐かしい仲間が俺たちを待っていた。金色のドラゴンの姿ではなく、金髪に碧色の瞳の人間の姿だった。

「やぁ、おかえり。二人とも元気そうでなによりだ」

「シオンじゃないか、ただいま」

「ただいまなのじゃ、シオン」

　俺たちはお互いに軽く抱きしめあって再会を喜んだ。この一年の間にも何回か会っていたが、やはり信頼できる仲間に会えるというのは嬉しい。そのまま、ディレク王国の草原で久し振りに俺は料理の腕を振るう。

「甘い物は果物の砂糖漬けくらいしか無くて悪い」

「シオンは甘いものが好きじゃからのう、でも猪肉の串焼きも絶品ぞ」

「僕もドラゴンだから肉も好きだよ、甘い食べ物はなんというか別物なんだ」

『無限空間収納《インフィニットスペースストレージ》』に入れておいた食糧から調理したものを出す。猪肉の串焼き、熊のニンニク焼き、鹿肉のポトフ、ヤマドリご飯。三人で少しも残すことなく作った料理を綺麗に食べきった。

「これから君たちはどうするんだい？」

「今までが欠片探しとレベル上げの日々だったからな」

「今度は観光や普通の冒険者として働くのじゃ」

「そうか、もし僕に用があるようなら念話で呼んでおくれ。どこにいても駆けつけるから」

「外の世界の技術は凄いな、遠慮なく何かあったら通信を送る」

「なにもなくても面白そうなことがあったら、お喋りするのじゃ」

「そのうち他の大陸に行ってみるのも面白そうだしな」

「この大陸は小さいのじゃ、他の大陸には言語も習慣も違う人族がいるらしいのう」

「へぇ、そこには僕みたいなドラゴンもいるのかな。楽しみだね」

シオンとはそこで別れて、俺たちはディレク王国の都に向かった。気のせいだろうか、以前に来た時よりもプリムに視線が集まっている気がする。そんな視線が飛び交う中、俺たちは冒険者ギルドを訪れた。

「薬草採取、討伐依頼、いろいろとあるのう、どれが面白いじゃろうか？」

「面白いかどうかで言えば、討伐依頼だろうな」

「西の草原、コカトリスの群れの討伐依頼!!　これじゃ!!」

「それじゃ、ギルドのカウンターで受けてこよう」

俺とシオンはギルドカードの偽造ができるようになった、本物のデータから上書きして偽のデータを現すようにリープに改造して貰ったのだ。これで、遠慮なく冒険者ギルドの依頼を受けられるというものである。

ちなみに偽造されたギルドカードの情報はこうなっている。

名前　：レイ
レベル：50
年齢　：23
性別　：男
スキル：剣術、怪力、縮地、空間跳躍、魔法剣、全魔法、獣の目、状態異常無効

名前　：プリムローズ
レベル：50
年齢　：16

性別　：女
スキル：剣術、怪力、縮地、全魔法、状態異常無効

「コカトリスの討伐依頼ですね、このレベルなら大丈夫でしょう。お気をつけていってらっしゃいませ」

ギルド職員は偽造されたデータと疑うこともなく依頼を受理してくれた。これで俺もプリムも遠慮なく冒険者として動くことができる。

「プリム、縛りプレイだ。剣の攻撃だけで倒してみよう」

「うむ、レイは縮地の使用も禁止だの。その挑戦受けてたつ!!」

普通に俺たちがコカトリスを倒したらあっという間に片付いてしまうので、縛りプレイをとりいれることで競争して獲物を狩っていった。ちなみにどうにか俺が勝った。プリムとは再戦を誓った。

「羽毛をすいこまないように鼻と口に布を巻いてと」

「倒した後の解体の方がなかなか大変だよな」

などと言いながら倒したコカトリスを解体していった。コカトリスの肉は美味いのだ。普通の鳥肉よりも濃厚で美味い出汁が出る、もちろんそのまま焼いても美味しい。

他には冒険者ギルドへの討伐証明として、嘴《くちばし》を十数個切り取って持っていった。受付のカウンタ

ーにそれを提出したら、受付嬢が唖然としていた。

「ええ!?　もう倒してきたんですか、数日はかかると思っていたのに」

「…………そういうものなのか。まぁ、早く倒す分には問題ないだろ」

「あれくらいの魔物、簡単なものなのじゃ」

受付嬢は討伐証明の部位を確かに確認して、俺たちに報酬の金貨五枚を払ってくれた。そして、俺たちに昇格試験をすすめてきた。

「昇格試験か、俺はあんまり受けたくないな」

「うむ、どうしてなのかや?」

「指名依頼が入るようになって面倒になる。それに大勢に名前が知られるからプリムの故郷とか、俺の場合は教会の神官騎士に見つかると更に面倒になる」

「それは嫌だのう、我も昇格試験は遠慮したいぞ」

俺とプリムは相談のうえで昇格試験は受けないことにした、自由にのんびりと旅を楽しみたいのだ。それには目立たないことが一番大切なことだろう。

「えっ、えっ、勿体ないですよ!!　せめて銅級まで受けてください、話を聞いて」

「今日は受付ありがとうございました」

「ありがとうなのじゃ」

受付譲は俺たちの言葉に尚も食い下がってきたが、丁寧にお断りの返事をしておいた。ちなみに俺たちの冒険者ランクは青銅、最下位のランクである。

新人が青銅、一人前が銅、腕が良い方が銀、最高の実力者が金、国家級が白金とランクわけしてあるが、レベルが高くて違約金さえ払えるならランクを無視して依頼を受けることができる。

冒険者ランクよりもレベルの方が討伐なら重視されるのだ、これが護衛依頼とかだと話は別だ。護衛にはある程度の常識をわきまえた人格が必要だから、冒険者ランクが重要視される。

「まぁ、お偉いさんに近づかない。そんな俺たちには関係ないな」

「うむ、地位の高い者と話すのは苦労するしのう」

そう本当は魔王の地位にあるプリムが言う、俺はその皮肉さに少し笑いが漏れた。未だになぜプリムが魔王の地位を持つのかは不明だ、本人が積極的に知りたがらないので調べていない。

「おおい、そこの新人。何がおかしいんだ、もっとギルド職員の言うことを真面目に聞いたらどうだ」

昇格試験

「彼女はお前たちのことを心配して言っているんだ、レベルは高いようだが本物の冒険者になるにはランクも大切なんだぞ」

「俺たちは青銅のランクで満足しているんだ」

「特に依頼に困ることもないしのう」

声をかけてきたのはランク金の冒険者だった、在野ではかなりの実力者というわけだ。新人が青銅、一人前が銅、腕が良い方が銀、かなりの実力者が金、国家級が白金と言われている。態度も落ち着いていて、話し方も冷静だった。だから、俺やプリムも無視するわけにもいかなかった。

「日頃から冒険者ギルドには世話になっているのだろう、ならば冒険者としてこちらもそれ相応の恩を返すのが道理というものではないのか」

「確かにこれからも冒険者ギルドには世話になると思うが」

「そう言われると無下に断るのも失礼な気がするのう」

俺とプリムはもうそこで冒険者ギルドの注目の的だった、目立ちたくないと思っているのに真逆の道を突き進んでいる。

「冒険者ギルドに恩はあるが、それは討伐依頼などで返していくことにしている」

「我らにも我らの事情があるからのう、すまんが悪く思わなんでくれ」

「…………………そうか」

ようやく俺たちは冒険者ギルドから出ることができた。下手に絡んでくる輩よりもある意味で厄介だった。理屈からすれば圧倒的に俺たちの方が分が悪かったからだ。後になって宿屋に泊まった時にそのことについて話し合った。

「ランクを銅級くらいにはしておくべきだろうか」

「うむぅ、一人前くらいなら目立たんのではないかや」

その晩、二人で相談して昇格試験を一度受けてみることにした。外部通信装置などはその際はきっておく、自分の実力だけでの勝負だ。一晩経って冒険者ギルドに行ってから昇格試験の申し込みをした。

「銅級の昇格試験の申し込みをお願いします」

「我もじゃ、銅級で一緒に頼むの」

「はい!! 考え直していただけて良かったです、さっそく試験を始めましょう」

ランクが銅級の試験はそう難しいものではなく、簡単な筆記試験と先輩冒険者との模擬戦それに面接ということだった。

「プリム、勝負だ!!」

「もちろん、受けてたつのじゃ!!」

筆記試験では僅かにプリムの方が点数が良かった、薬草などの植物学に詳しかったのがその勝因らしい。

「食べれるか、食べれんかは大問題だからのう」

「……負けた、そんな理由で植物学を極めてるのか」


先輩冒険者との模擬戦も無難に終わった、どちらも銀級の実力者だということだが剣を躱して数度打ち合うだけで合格を貰えた。残りは面接とのことだった。面接は二人で同時に受けることになった。


「どうして冒険者になりましたか、目標はありますか?」

「食べていくのに冒険者になった、目標はのんびりと強くなることかな」

「我もほとんど同じなのじゃ、レイと一緒に強くなるのは楽しくてのう」

「依頼達成が難しい時にはどうしますか?」

「冒険者ギルドに相談して違約金を払って依頼を放棄する」

「早ければ早いほどいいのう、そもそも無理な依頼を受けはせぬな」

「依頼主が無茶な注文をしてきたらどうしますか?」

「最初に受けた依頼にないことはできないと断る」

「ただ働きはごめんじゃし、依頼主の機嫌を損ねることのないように断る」

他にもいくつか質問されたが、冒険者としては常識的なことで難しいこともなかった。

「おめでとうございます、貴方たちは今日から銅級の冒険者です」

「わー、嬉しい。どうもありがとうございます」

「レイ、棒読みすぎるのじゃ。もっと嬉しそうな演技をせんか」

こうして俺たちは一人前の銅級の冒険者になった。さっそく討伐依頼を受けようと思っていったらゴブリン退治くらいしかなかった。

「レイ、女の敵を成敗するぞ」

「奉仕活動……も悪くないか」

ゴブリン退治の依頼料はたかがしれているので、俺たちは依頼を受けずにゴブリンが出るという西の森に向かった。

「レイ、魔法はなしの縛りプレイじゃ!!」

「了解、ただしプリムは縮地と怪力を使えよ」

ぎゃっぎゃがやあぎゃあぁぁぁぁぁう
俺たちは森の近くの村から足跡を調べて、ゴブリンたちのねぐらを見つけ見張りの奴らを切り捨てていった。

「洞窟の中は魔法を使うぞ、剣では動きづらい」

「仕方ないのう、女子《おなご》の危機でもあるし」

俺たちは洞窟の中まで行ってゴブリンを一匹ずつ確実に仕留めていった。幸いと言っていいかわからないが誘拐された女性は生きていた。

「ひっやだ、やだ、ゴブリン、もう嫌あぁぁ!?」

「大丈夫じゃ、我は女性ぞ。落ち着くがよい」

生き残った女性は男である俺に近づくのを嫌がった為、プリムが彼女を背負って村まで送っていった。とここで俺は失敗に気づいた。

「やっぱりゴブリン退治の依頼を受けておくべきだった」

「はて、レイの財布はそんなに困窮しているのかえ?」

「俺たちはいい。次にこんな依頼を受ける新人が困るだろう」

「あっ、そうじゃ。ただでゴブリン退治をしてしまったことになるのう」

俺たちは反省をして今度からは依頼をしっかりと受けようと思った。思えば今まで受けなかった依頼でも同じようなことがあったに違いない。冒険者ギルドと新人の冒険者たちに迷惑をかけてしまっていた。

「お前ら、本当にそれで冒険者か?」

銅級の冒険者

俺たちが翌日に冒険者ギルドに行くと、ランク金の以前に会った冒険者に睨みつけられながら声をかけられた。どうも昨日俺たちがゴブリンを退治したのがまずかったようだ。

「依頼も受けないで奉仕活動だけやるんなら冒険者なんて辞めてしまえ、新人だって覚悟して依頼を受けているんだ」

「すいません、つい依頼を受けるのを忘れてました」

「次は気をつけるからの、許してたもれ」

そのランク金の冒険者は俺たちが素直に謝ると、大きく息を吐いた後に踵《きびす》を返して冒険者ギルドを出ていった。

「冒険者というのもなかなか面倒だな」

「しかし、金を稼ぐのには良い職業なのじゃ」

「商人ギルドに剝ぎ取ったものを売っても儲かるぞ、冒険者にこだわることはない」

「なるほど、そういう考えもあるかの」

そうやってプリムとこそこそと内緒話をしていたら、昨日の受付譲さんから声をかけられた。

「うぅ、冒険者ギルドを辞めないでください。ちょっと規則が面倒なのも、全て貴方たち冒険者を守る為のものなんです」

「ああ、はい。分かってます、分かってます、すいません」

「理解しておるのじゃ、すまんのう」

そうやって謝る俺たちと悲しそうな顔をしている受付譲を見て、ギルドの中の雰囲気が悪くなった。俺たちは謝罪の言葉を繰り返しながら、慌ててギルドをあとにしようとした。

「おら、待て。俺たちのレティスちゃんを泣かせておいて！　勝負しろこらぁ!!」

「そ、そうだ。レティスちゃんのファンとして許せないんだぞ!!」

「俺だって、どんなにあの笑顔に毎日癒されていることか。勝負だ、勝負!!」

俺たちはギルドの鍛錬場でよくわからないが勝負をすることになった。あの場にいた冒険者十数人と対峙した。その他の関係のない人たちは強制的に追い出された。

「レイ、今度はいかに相手に怪我をさせんかで勝負じゃ」

「了解、プリム。無理はするなよ」

一斉に襲い掛かってくる冒険者たちの攻撃を避け、かなり手加減した一撃を素手で与える。プリムも同様だ。小さい体で器用に冒険者たちの間を潜りぬけ、加減した拳や蹴りを放っていた。

「今度は俺が勝ったぞ、俺の方が止めをさした数が多い」

「むぅ、負けたのじゃ。まだまだ精進が足らんのう」

「なんだ、なんだ、こりゃ何の騒ぎだ!?」

とそこへあのランク金の冒険者がやってきた。このおっさんもいい加減しつこいなと俺は思い始めていた。

「なんでも俺たちがレティスって受付嬢を泣かせたと言われた。だから少し勝負をしただけだ」

「うむ、ちと言いがかりに近いものがあった。これがただの新人なら酷い目にあったの」

「なにぃ、てめえら俺の可愛い娘、レティスを泣かせただとおぉぉ!!」

こちらはただ状況を説明しただけなのに、更に面倒くさいことになった。なんだこのおっさん、実はただの親馬鹿か。

「プリム、どっちが勝負するかじゃんけんな」

「うむ、レイ。いざ尋常に勝負!!」

こっちが高速でじゃんけんをしている間に、ランク金のおっさんは剣を持って鍛錬場に下りてきた。じゃんけんは俺の勝ちだった、プリムは悔しそうに頬を膨らませた。

「えーと、こっちはあんたの名前も知らないから教えてくれよ」

「剛剣のハンスだ、てめえら二人とも教育し直してやる!!」

「いや俺が戦うから、そしてすぐに決着もつくからさ!!」

「――――なっ!?」

俺は縮地でハンスというおっさんの懐に飛び込んで手加減して拳を叩き込んだ。一撃では浅いと感じてもう一撃打ちこむとおっさんの意識は無くなった。

「良かったな、こいつら以外に鍛錬場に誰もいなくて」

「うむ、余計な噂にならなくてよいのじゃ」

俺たちはきちんと全員が気絶しているだけで傷を負っていないことを確かめた。念のためにギルドの受付にいって鍛錬場で皆が気絶していることも伝えておいた。

「なぁ、プリム。面倒なことになりそうだから、この国をしばらく離れるか？」

「我は商隊護衛というのをしてみたい、絶好のチャンス!!」

俺たちはそのまま商隊護衛の依頼を受けた。隣国のフォルクス王国までの護衛依頼だ。

「またあの氷菓子を食べてみたいのう」

「売っているといいな、楽しみにしておこう」

そうして、冒険者ギルドを出て露天商から念の為に野菜などを買い込んだ。俺もこの買い込むのは癖だな、つい何かあったらいけないと思って『無限空間収納《インフィニットスペースストレージ》』に食べ物を放りこんでしまう。

「おっさん、ああ。良かった、他の奴らも大丈夫そうだね」

「うむ、絶妙な手加減であった。レイよ、褒めてつかわす」

俺たちは一応翌日に冒険者ギルドを訪れた。万が一怪我をしている者などいないか確認の為だ。

昨日俺たちの相手をした冒険者は全員無事だそうだ。

「お、お前ら一体何なんだ？　上には上がいるというが、お前らなら白金でもおかしくない」

ハンスとかいうおっさんのこわばった声に俺たちは明るく答える。

「別にただの銅級の冒険者だよ」

「しかも、一昨日なりたてのじゃ」

それからおっさんのひきつった笑顔ともお別れだった。フォルクス王国に向かう商隊が門に来ていたからだ。初めての商隊護衛、一体どんなものだろうか。

商隊護衛

「私が今回の商隊の長を務めます、コルボーと言います。皆さん、どうかよろしくお願いします」

「俺が護衛長を務めるラウンドという、これからよろしく頼む」

商隊護衛ははっきり言って退屈だった、荷を運ぶ馬に合わせてゆっくりと歩いて進むだけだった。

俺とプリムが道中で魔力操作の練習をしていたのは言うまでもない。

「ほらっ、レイ。こんどこそこれが馬じゃ」

「ふふふふふ、それじゃこんなのはどうだ!?」

「はう、三頭身の馬じゃと。可愛い、可愛い過ぎるのじゃ」

「はははははっ、こういうデザインもいいだろう」

俺たちは二人して手のひらサイズの氷の像を作って魔力操作の練習をしていた。それに誰も文句を言わなかった。

護衛長だというラウンドという男は寡黙で、コルボーという商人は何か言いたげだったが結局何も言ってこなかった。朝と夕に休憩をとって見習いの商人さんたちが食事の用意をしてくれた。

「護衛として出される飯だけでは足らんのう、レイ。肉を少し分けておくれ」

「はいはい、料理している暇がないから、柔らかめの干し肉を用意しておいた」

「グッジョブなのじゃ!!」

「そうだろう、もっと褒めてもいいんだぞ」

商隊から出される食事を俺たち以外の護衛は集まって食べていた。中にはプリムに不躾《ぶしつけ》な視線を向ける者もいて、不愉快だったからローブをプリムに被せた。プリムもその理由を察して、移動中もローブを被って移動するようになった。夜寝る時は交代で見張りをしながら寝た。

「退屈じゃのう、レイ」

「そうか、俺は新しい魔法の操作について考えてる」

「それも飽きたのじゃ」

「はいはい、何なら背負ってやろうか」

そんな遣り取りを俺たちがしていても、誰も何も言ってこなかった。俺は鍛錬がてらプリムを背負って歩き続けた。プリムはそのまま俺の背中で眠ってしまった。

そんな気の抜けた日々が何日も続いた頃。

「女と馬車を置いていきな、抵抗するやつは殺す」

丁度フォルクス王国につく手前、ドクトリーナ王国との分かれ道。もうすぐ目的地という護衛が一番気が緩みやすいところで盗賊に襲われた。俺とプリムはすぐに行動を開始した。

「俺が盗賊を!!」

「我が護衛じゃな!!」

盗賊たちと護衛は切りあいを行っていたが護衛は次々と倒れていった。俺は逆に盗賊たちを討ち取ってまわった。そんな俺に向かって敵が集中する。

「まだまだ、プリムの攻撃の方がよっぽど強い!!」

俺に降り注ぐ矢の雨を風の魔法で追い散らしてまた一人盗賊を倒した。とうとう盗賊の一人が焦り出して、倒れている護衛たちに近づいて言った。

「なんだあの小僧は!?　やられたふりをしてないで手伝いやがれ!!」

「ちぃ、くそあんな若造一人始末できねぇのか」

「やれ、やれ」

「こりゃ、話が違うぜ」

そうやって商隊の護衛だった者が盗賊側に加わった、その瞬間に激しい光とそれに伴う轟音が響き渡った。

「護衛の担当は我じゃからのう、なに片足を少し焼いただけじゃ!!」

プリムの雷の魔法が護衛だった裏切り者たちを行動不能にしていた。俺はそれを目の端で確かめると残りの盗賊を始末すべく疾走した。

「レイの言うたとおりじゃな、こやつら全員がぐるか」

「ああ、護衛のわりにはあまりにもやる気がなかった」

「我に不快な視線を送る者もいたのう」

「プリムも商品の一つに数えられていたんだろう」

「だから我らかや？」

「そう、だから必要もないのにランクが銅の俺たちを雇ったんだ」

俺たちは明らかに盗賊だったものは頭目を除いて止めを刺した。護衛だったものは両手を縛り、無理やり歩かせて無事にフォルクス王国へと入った。そこで盗賊に関与した者は門兵に捕縛されていた。着いたとたんに商隊の代表であるコルボーから礼を言われた。

「ありがとうございます、本当にありがとうございます」

「いや、礼はいいからさ」

「そうじゃ、礼は無用。お主もさっさと捕まるが良い」

「…………は？」

「とぼけて逃げようたって無駄だ、あんたの目はプリムを商品としてみていた」

「急に護衛を希望した我らを採用したのも其方だの」

俺たちがそう言ったとたん、コルボーという商人は逃げようとした。だが、周囲にいた門兵に取り押さえられた。

なんのことはない、この商隊は見習いの商人と俺たちを除いて全員が盗賊と関与していたのだ。

そう考えると商人見習いにも綺麗な女性が多かったし、近くのドクトリーナ王国あたりで全員奴隷として売り払うつもりだったのではないだろうか。

「私はこんな下働きの商人なんかで終わる男じゃないんだ、お前たち覚えておくぞ。絶対に復讐してやるからな!!」

コルボーはそう喚きながら連行されていったが、横領など他にも罪が見つかり公開処刑で縛り首となった。他の盗賊に関与した護衛も同じである。

「レイ、この氷菓子は美味いのう」

「うん、本当に魔法ではどう作ってるのかな、氷を薄く切ってからスライスするのか?」

俺たちは懐かしい氷菓子の味を楽しんだ。久し振りにきたフォルクス王国だ。他にも何か面白いものがあるだろうか。

女性の敵

フォルクス王国は獣人でも差別されないので良い国だ。だがこれといって名産とか名物になるものがあるわけではない。そんな普通の国でもいいものだ。

「レイ、ゴブリン狩りとオーク狩りとオーガ狩り。どれがいいのじゃ？」

「うわぁ、その理由は？」

「女の敵は絶滅すればよいのじゃ」

「よーし、わかった。運動がてら狩りに行こう、オーガ狩りかな」

俺たちはオーガ狩りの依頼を受けようとカウンターに行った、でも受付のお姉さんに反対されてしまった。

「オーガ狩りに二人で行くなんて認められません、いくらレベルが高くても危険です。はーい、次の人お願いします」

「だとさ、プリム」

「むうぅぅぅ、理不尽じゃ。自己責任で受けても良いじゃろうに!!」

「まぁ、まぁ、落ち着けプリム。まずはオーク狩りをうけてみよう」

「なぜじゃ？」

「今回のオーガとオークの居場所は比較的近い場所にある」

「なるほど、一挙両得というわけじゃな」

オーク狩りの依頼はなんとか受理された、その時も仲間《パーティ》の数が少ないことが問題とされたが、丁寧な態度とプリムの可愛い笑顔で依頼書をもぎとった。

「オーク狩りでは魔法は禁止の縛りプレイな!!」

「望むところなのじゃ!!」

俺たちはオークが出るという西の森の中を進んでいった、運良く向こうがプリムを見つけて獲物として襲い掛かってきた。

「よっと、軽い、軽い」

「やはり首が一番よの、体は脂肪でぶ厚いからの」

俺が普通にオークの間を走り抜け、一度に二つの首を刈り取った。プリムも小柄なぶん俺よりも俊敏にオークの首をはね飛ばしていった。十数匹いたオークだが、今度はプリムの方が多くその首を狩っていた。

「女性の敵は滅びる定めなのじゃ!!」

「うっわ、負けた。プリムも魔法無しでも強くなったよな」

「ふふふふふ、女子《おなご》が大人しいと思ったら大間違いぞ」

「はい、肝に銘じます」

グラアアアアアアアアアアアアアア!!

「レイ、オーガじゃ!!」

「ようやく本命がきたか、魔法も解禁だぞ!!」

障害物が多い森の中をものともせずに俺たちは駆ける。このくらいのステージはバトルルームで嫌というほど体験済だ。

「おい、盾役!! 踏ん張れ!!」

「誰か、誰か魔法を早く!!」

「無理よ、もう魔力がないの」

先にオーガと戦っていたパーティと出会った。とりあえずは彼らが苦戦していたオーガの首をはね飛ばして挨拶する。

「こんにちは、良いお天気ですね。ここのオーガたち、手に余るようなら」

「我らが貰ってよいかのう、オーガを始末したくてうずうずするのじゃ」

グラアアアアアアアアアアアアアア!!

俺たちが話しかけたパーティは呆然としていた。別のオーガが話の途中でわりこもうとするから今度はプリムが雷の魔法でオーガをこんがりと焼いていた。

「い、いいです。どうぞ、オーガを倒してください」

「ありがとう。さぁ、オーガ狩りだ」

「さて、これで思う存分にやれるのじゃ」

俺たちは新たに出てきたオーガに向き直り、俺はまずは一匹剣でその体を両断した。プリムは今度はオーガの体に傷がなるべく少なくなるように、鋭い水の刃で首を刈り取っていた。

「ひぃ、ふぅ、みぃっとざっと十ほどかの？」

「それじゃ、半分ずつだな」

思いっきり体を動かしてオーガに迫る、遅い、遅い!!　一つ首をはねて、次のオーガに向かって疾走する。

「我の魔法を受けるがよい!!」

プリムは同時に複数の水の丸い刃を生み出し、五匹それぞれのオーガに狙いを定めてから解き放った。狙いは正確、オーガたちは首を失ってドスンッと地面に倒れた。

全部倒したと思っても油断はしない、索敵にひっかかるものはないか再確認をして剣についた血をぬぐって鞘に納めた。先ほどオーガと戦っていたパーティのところへ向かう。

「あのオーガの取り分はこの貴方たちが傷をつけてたオーガはそちらに、残りは俺たちが貰ってもいいですかね」

「うむ、皮を剝いで売るのじゃ。今日も氷菓子を買って食そうかの」

最初にオーガと戦っていた冒険者たちは、俺たちの提案に呆然と諾《だく》と答えた。

「は、はい。どうぞ、それでいいです」

　その後はまず怪我を負っている者にプリムが回復魔法をかけた。そして、剝ぎ取りのお時間だ、切り込みを入れて魔法で皮と脂肪を分離するようにするすると皮を剝いでいく。

「こっちは済んだぞ、レイ。土魔法で残りは埋めてしもうた」

「俺も終わりだ、土魔法で埋めてっと……ああ、しまった!!」

「ど、どうしたのじゃ。レイ!?」

「さっきのオークたち、討伐の証明部位をとってない!!」

「そういえばそうじゃったの、今からすぐに戻ってみるかや」

「ああ、泥棒なんかに盗られたら大変だ」

結果としてオークの討伐証明の部位である牙は無事残っていた。俺たちはそれを引き抜いて冒険者ギルドに提出した。きちんと報酬も貰えたし、良かった。良かった。そんな些細なことのあった翌日のギルドで声をかけられた。

「なぁ、君たち俺たちのクランに入らないか?」

クランと白金の冒険者

「クランとは複数のパーティで作る組織のことか、我はごめんじゃ」

「俺も必要ないから、悪いけど断る」

複数のパーティが共通の目的の為に立ち上げる組織がクランだ。そこに所属する者たちは様々な恩恵を受けられるが、逆にクランが独自に決めたことにしたがわなくてはならない。観光気分で国をあちこち移動する俺たちには不要な組織だ。

「君たちの力が必要なんだ、俺たちのクラン長は白金の冒険者だ。君たちは強いみたいだが、まだまだ学べることが沢山あると思う」

俺とプリムは顔を見合わせる。ランクが金の冒険者とは戦って楽に勝ったが、白金ならばどうなるだろうか。

「それなら、その白金の冒険者が俺たちより強かったらクランに入ってもいい」

「我もそれでいいのじゃ、それならば良い勉強になるからの」

俺たちをクランに誘った男はしぶい顔をした、たかが銅級が白金の冒険者に挑戦すると言っているのだから無理もない。

「白金の冒険者ともなれば忙しいんだろう、それじゃこの話は無しで」

「うむ、うむ、ランクの高い冒険者の手をわずらわせるのも悪いのじゃ」

俺たちはいつも通りにオーク狩りに出ることにした。そのついでにゴブリンやオーガを狩ったとしても問題はない。

「ふぅ、今日も大量じゃの。こやつらは殺しても、殺しても、湧いて出るようだな」

「女性にとっては堪らない話だよな、俺が女だったらと想像するだけで嫌だ」

「……人間にも、こやつらと変わらん奴はおるぞ」

「ああ、ギルドで会う冒険者たちか、荒くれ者が多いからな」

「あれは視線の暴力じゃ!!」

「そうやって俺に怒っても仕方ないだろ〜〜」

プリムは大層綺麗に成長した。身長も伸びて白い手足もすらりとしている。そして、女性として出るべきところは出ているのだから、大抵の男の目線はそこにいくのだ。

「プリムが綺麗になったたってことだよ」

「うううううむぅ、そうレイに褒められると怒るに怒れぬではないかや」

俺たちは倒した魔物たちの剝ぎ取りを終えてから、仲良くギルドに報告にいった。後は報酬を貰って帰るだけという時に声をかけられた。

「君たちが僕と勝負したいっていう冒険者かい、どうぞよろしく。クラン『夜明けの星』の代表者フライハイトだよ」

「ああ、朝の白金の冒険者か」

「それでは本当に勝負するのかや」

俺たちの返答にギルドにいた者たちが笑った。白金の冒険者に銅級の者が挑戦するなんて無謀過ぎるからだろう。しかし、俺たちは楽しそうに笑って戦うことにした。

「それじゃ、鍛錬場に行こう」

「我ともじゃ、ほれっ。すぐに相手をしておくれ」

フライハイトは少し呆気にとられて返事をした。

「本当に僕と戦うつもりなのかい」

「実力を試す良い機会だ、当たり前じゃないか」

「我もどこまで自分が強くなったか知りたいのう」

対戦はクラン『夜明けの星』に入っている者だけが見れることになった、おそらくボロボロにやられる銅級の新人を思っての配慮だと思う。なかなか良いクランじゃないか。じゃんけんでプリムと先に戦う権利を決めながらそう思った。

「それじゃ、最初は俺だな」

「お手柔らかに頼むよ」

「むぅ、我の出番が無くなるのう」

早速、距離をつめてフライハイトの懐に入ろうとする。彼はそれを感じとって避けたうえに剣で攻撃もしてきた。俺は体の柔軟性を活かしてそれをよけ、逆にこちらは足を狙って蹴りを入れてみる。全てが一瞬で起こった出来事だった。

「ふーん、あんた強いな。やっぱり白金の冒険者だけはある」

「………………君は本当に銅級かい、世界は広いね」

フライハイトは蹴られた足を庇いながらなんとか立ち上がった。俺は剣を使う必要はないと判断し、鞘に剣をおさめて戦闘姿勢をとる。

次に仕掛けてきたのはフライハイトだった。おそらくは折れているだろう足でそれを感じさせない剣の一閃を放つ。速いが避けられない速さではなかった。剣の軌道をよんでそれを躱し、今度は無事だった方の足に下段蹴りを叩きこんだ。フライハイトはその場に崩れおちた。

「白金の冒険者は確かに強い、でも今回は俺の勝ちだ。クランには入らない」

「我の出番がないのは本当に残念じゃのう、せめてその傷を癒してやるに」

「……いや、大丈夫。けっこうだ。レスト、回復を頼む」

フライハイトは同じクランのレストという男に回復魔法をかけて貰っていた。もう心配はないだろう、俺たちは引き留める者もいなかったのでそのまま冒険者ギルドを出た。

「今日の夕食はどうするかのう?」

「ははははっ、プリム良い知らせを教えよう」

実は都を歩いていてとても良い店を見つけていたのだが、今晩のお楽しみとしてプリムには言わずにいたのだ。

「なにかあったのかや？」

「唐揚げだ、値段は高いがコカトリスの唐揚げを出す店を見つけた」

「なんと、それはさっそく行かねばのう」

「ああ、揚げたての唐揚げは堪らなく美味いからな」

俺たちはうきうきとその唐揚げを出す、ちょっと高い飯屋で食事をとった。やっぱり揚げたての唐揚げは美味かった。自分で作ってもいいがそうすると食べる頃には最初に揚げた唐揚げは冷めてしまう。

「あの店には時々行くことにしよう、毎日だと食べ過ぎで太りそうだ」

「なに、その分ゴブリンやオーク、オーガどもを退治すればよい」

俺とプリムは思わぬ名店を見つけてお腹いっぱいに食べてしまった。第二の故郷リープがいる月の基地で唐揚げというものを初めて知ったのだが、こっちの世界に戻ってきてまで食べられるとは思わなかった。

「お腹がいっぱいで幸せじゃのう」

「ああ、俺も幸せだ」

その後はいつも通り水浴びをして、プリムと一緒に眠った。何ということはない、とても良い一日だった。

招かざる客人

俺たちはフォルクス王国の森のかなり奥をのんびりと歩いていた。適当な依頼もなかったので猪か熊でもいれば仕留めて食事にしようと思っていた。

「猪がみつかるといいな」

「我は熊の肉を食したいのじゃ」

暇つぶしがてらプリムと食べたい料理を挙げて行ったら余計に腹が空いてきた。しかも望んでもいない獲物がひっかかっていた。

「プリム、一人でいい。殺すな」

「了解じゃ、さて我の魔法の餌食になりたいのは誰じゃ?」

そいつらは一見して普通の冒険者に見えた、でも普通の冒険者は挨拶代わりに毒を塗った武器で襲い掛かってきたりはしないものだ。

「――――!?」

「何も言わずに戦闘開始、なら殺傷しても問題なし」

何も言わずに無言で襲い掛かってきたリーダーらしき男の攻撃をかわして、かわりに剣の腹で頭を叩いて揺らした。その男はおそらく脳震盪《のうしんとう》を起こして倒れた。

「レイが一人を確保したなら、残りはこうじゃ!!」

プリムも自分の方に来た斥候や女戦士の攻撃を避けて、残った賊の全員に大きな雷を落とした。彼らはがくがくと震え、肉の焼ける匂いをさせて動かなくなった。

「プリムは魔法の操作が上手くなったな」

「うむ、もっと頭をなでても良いのだぞ」

俺たちは敵を排除して、気絶している一人だけを拘束しておいた。目を覚ましてから尋問すればいい、それよりも大事なことがあった。

「プリム、俺の索敵によると大物の動物なんだがどうだ?」

「見えたぞ、レイ。あれは熊じゃ」

獲物の場所と姿を目に捉えた瞬間、二人で逃げる場所を与えないように挟み撃ちをしかけた。

ブオオオオオ、オオオオオオオ!!

「炎はまずいから、ここは風で」

「うむ、調理するのは後まわしじゃ」

俺はまず熊の前に飛び出して驚かせた、そして驚いた熊が仁王立ちになった瞬間に圧縮した風の弾丸を心臓の付近に複数撃ちこんだ!!

グァオオオォォォ!!

熊を倒す時は頭より心臓を狙った方がいい。頭は頭蓋骨が固いし脳が小さいので的に当てにくいのだ。狙いは大当たり、熊はしばらくしてからドスンッとそのまま後ろに倒れた。念の為に完全に死んだことを確認するまでは近寄らない。

「熊だ、熊だ♪　俺、一回やってみたい食べ方があったんだよな」

「どうするのじゃ?」

俺は熊を解体しながら熊の油を集めていった。薬になるという熊胆《ゆうたん》の部分もとりわけておいた。苦いから熊胆は食べないが薬屋に売るといい値段になるのだ。

「ここに熊の脂が沢山あります、だったらすることは一つだよな」

「揚げ物かや!?」

熊の脂は薬にも使われるものだが、とれたばかりだったらこうして揚げ物の油として使っても良い。意外とさっぱりとして風味がよく、その油で揚げるとまろやかで美味くなるのだ。

「はふっ、はふっ、レイ。もっと熊肉を揚げておくれ」

「いいぞ、はぐ。うん、なかなか美味いな」

煮込み料理のほうにも脂がたっぷりついた熊肉を入れていく、こくがあるのにさらっとした脂が煮込んだ野菜を美味しくしてくれる。

「はむ、はむ、ひやわせなのじゃ〜〜」

「焼いた肉も煮込んだ野菜も美味いな、うん。今日は当たりだった」

　また熊を仕留めた時にはやってみよう、一休みしてから熊を解体して肉など必要な物は『無限空間収納《インフィニットスペースストレージ》』に放り込んでおいた。

「ああ、そういえば捕虜が約一名いたな」

「そういえばそうじゃったのじゃ」

　解体の後始末をして放り出しておいた捕虜のところに戻った。

「あ〜、腹がいっぱいで幸せだ。ええと誰の命令で俺たちを襲ったか吐いて貰おうか」

「けぷっ、そうじゃ。素直に言うのが賢い選択じゃ」

「…………」

　捕虜の目が若干こちらを馬鹿にしたものだったのは気のせいだと思いたい。だってあんなに美味いものを食べたんだ、その後に尋問とかする気にならない。

「もういいや、お前逃げていいぞ」

「はふっ、運の良い奴じゃ」

　拘束を解いてやるとその男は一目散に逃げだした。俺とプリムはにっと顔を見合わせて笑う。

「畜生、化け物どもめ!!」

　俺たちは飛翔の魔法を使って上空からその捕虜を追いかけた。やがて捕虜だった男は街のある建物に入っていった。

「俺とプリム、どっちの関係だと思う」

「我はそれほど重要視されてないゆえ、きっとレイの関係者じゃ」

俺たちはそっと建物に下りて風の魔法で中で話している声を拾う。

「殺せとのパルスさまの命だがあれは無理だ、俺以外は皆殺された!!」

どうやら俺の関係者だったようだ。またパルスくんに神託とやらがくだったのだろう。パルスを気に入っている神さまって随分とまた趣味が悪いな。

支持者

「私はパルスさまの為なら死を恐れないが、無理なものは無理だ」

「臆病者め、お前で無理なら他の者を送り込むだけだ」

俺を襲った連中はそんな話をしていた、もちろん俺たちが隠れたまま黙ってそれを聞いているわけがない。

「ここは俺がやる」

「うむ、任せるのじゃ」

俺は風を魔力で操って室内にいる者の位置を把握する、あとはその四肢に沿って風の弾丸が中にいた者たちを貫いた。

「うぎゃああ!!」

「痛い、痛い!!」

「貴様、つけられたな!!」

建物の上からおりて部屋の中に入ってみると、そこには三人の男たちが倒れ伏していた。よし、俺の魔力操作もばっちりだ。

「お前ら何が楽しくてパルスに従っているわけ？」

「あの歪んだブラコンのどこがいいのじゃ？」

俺たちがそれぞれ質問した途端、三者三様の答えがあった。

「うるさい、パルスさまはいずれムーロ王国の要となるお方だ!!」

「あの若さで魔王を倒し、セメンテリオ魔国と友好を結んだ偉大な方だ!!」

「なぜあの方がお前などに構うのかわからんが、パルスさまを馬鹿にするな!!」

俺はそのお返事を聞いて、うーんと頭痛がしてきた頭を撫でた。これは昔の俺の両親と同じ反応だ。パルスのことを狂信的に信じていて他のことが耳に入らなくなっている。

「表向きは立派な勇者様だからなぁ、プリム。これダメだわ、説得するだけ無駄。こうなってるともう洗脳に近い」

「そうか、それなら仕方ないのう。まったくあのねじれブラコンのどこがいいのか、理解に苦しむのう」

俺はその三人を骨も残さず焼き尽くした。匂いは風の魔法で上空に拡散させておいた。

「あいつらよりここに残っているものの方が面白いな、多分ここはムーロ王国が諜報活動に使っている拠点だな」

「暗号化されておるが、いくつかは解読できるのう」

プリムはこういった暗号が得意だ、以前は本を読むのも苦労していたのにかえって勉強したぶん賢くなった。

「証拠になるかどうかは分からないが。パルスに関するものだけうつしをとって置いて代わりに本物を貰っていこう」

「あーもう、民衆の目の前でお前たちが勇者と慕っておるあやつの化けの皮を剝いでやれたらスッキリするのにのう!!」

「まぁ、まぁ、落ち着け。プリム、ここはじっくり調べていこう」

「ふぅー、それしかないのじゃな」

諜報員を三人行方不明にしてしまったわけだが、それから二週間ほどその施設を見張っていたらパルスの狂信者が結構な数見つかった。他の諜報活動に使っている拠点もいくつか見つけることができた。

そのうちの数名がまた暗殺の密命を受けてきたので、その願いを叶えてやることにした。

「うぅ!?」

「レイ、レイ!!　どうしたのじゃ!!　…………ちと芝居くさいかのう」

「…………良い演技だから、そのまま続けてくれ」

「レイ!?　これは毒か?　す、すぐに解毒するから死なないでおくれ――!!」

「……………」

「レイ、レイ――!!」

「…………」

「…………」

「…………行ったか?」

「…………まだ分からんのじゃ、どれ我はこの大胸筋を堪能するのじゃ～」

「ふははは っ、プリム。くすぐったい、ちょっとその攻撃は卑怯だぞ」

「こらっ、レイ。死体が笑い転げてはダメじゃ、もっと我慢をせんかや」

何度目かの襲撃の際に俺は敵の攻撃をくらって死んだふりをしたのだ。プリムも良い演技をしてくれた。そして、人間とは自分が信じたいものを信じるものだ。

「はぁ、はぁ、はぁ、パルスさま。やりましたよ、深手は負いましたがこのくらいすぐに治ります。俺はやりましたー!! はははははは、は?」

「ほい、ご苦労さん。君の最期の暗号文は遺体と一緒にここに置いておくよ」

「あの世であのブラコンがどれだけ馬鹿か知ればいいのじゃ」

傷だらけで帰った暗殺者は拠点としている場所で息絶えた。最期にきちんと使命を果たして勇者のお兄さまである俺を殺したと暗号文を書かせた。

「この暗号文を読んだらパルスが大喜びするわけだ、そしてしばらく俺は身の安全を確保できる」

「次の神託がくだるまでの間じゃがのう、粘着性ブラコンがぬか喜びをして悔しがるとよいぞ」

俺たちがそうやって暗殺者さんと共同制作した暗号文は二、三日後にちゃんと別の諜報員が持って帰ってくれた。ぜひパルスに届けてやって欲しい、そしてできれば俺のことなど忘れてくれ。

「公衆の面前で堂々とあのブラコンを殴り倒すことはできんかのう」

「外面だけは物凄くいいからな、なにか決定的なことがないと無理だな」

「外面も厚いが、欲も深いのじゃ。絶対にいつか自爆させてやるのじゃ」

「俺はもう関わりたくないな、あいつと関わると碌なことがない」

それからフォルクス王国では俺はローブで顔を隠して行動した。おかげで一応、俺が死んだ説は信用して貰えたようだ。暗殺者が昼間や夜中に邪魔してくることもなくなった。

さて、これでパルスは満足してくれるだろうか。散々俺の死を願っていた弟のことだ、喜んでこれで俺のことは忘れてくれるかもしれない。

……俺の希望的観測過ぎるかな？

野宿

「このパラディース大陸には現在十四の国があるがや」

「滅び去ったゼームリング国をいれると十五だ」

「この大陸で人間の居住する土地は少ないのじゃ」

「俺たちがいる大陸以外にも人類はいるらしいが、そっちにはもっと大きな国があるらしいぞ」

「外の国も気になるが、まだパラディース大陸で我らが行っていない国があるのじゃ」

「俺たちが行ってなくて行ける国ならアルト魔国か、あそこは魔族至上主義の国で人間や獣人に冷たい国と聞く」

「それでも、一度行ってみたいのじゃ」

「んー……、話のたねに一度行ってみるのも悪くはないか」

俺たちはフォルクス王国からアルト魔国まで旅をすることにした。どうせ行くならば今までと違った旅をしてみたい。

「それじゃ、まず駅馬車でロンボス国近くまで行ってみよう。ロンボス国からはアルト魔国まで船が出ているはずだ」

「それならばレブリック王国にも行ってみたいぞ、前回は迷宮を攻略するだけだったからのう」

「レブリック王国からもアルト魔国へ船が出ているはずだ、ロンボス国を通ってレブリック王国に行ってそこから船旅にするか」

「うむ、完璧なプランなのじゃ」

俺たちはいつもどおり駅馬車でまずフォルクス王国の端を目指す。駅馬車は普通の馬車よりも速いがその国内でしか走っていない。国同士の交流があっても、まだ交通網ができるほど仲が良い国がないのだ。

「宿屋もいいが、野宿もそれなりに楽しいのう」

「続くと嫌になるが、確かに野宿にはそれなりの楽しみがあるよな」

フォルクス王国の端で駅馬車を降り、俺たちはロンボス国への道を軽く模擬戦をしながら走っていった。その結果が、今夜は野宿である。

「レイも一緒に水浴びをせんかや？」

「野宿の時はダメ!!　見張りが一人は要るだろう」

「今の我らだったら、不意をつかれても充分対処できるだろうに」

「そういうのを驕《おご》りとか、慢心と言うんだぞ」

「うむぅ、油断はいかんのう。さて、我は済んだぞ。水浴びを交代じゃ」

「今のところ魔物の気配はないが、見張りは頼んだ」

野宿の面倒なところは常に見張りがいることだ。俺とプリムは大抵二人旅だからどっちかがその役を引き受けざるをえない。

「見張りが面倒だけど、野宿はこう解放感があっていいよな」

「うむ、それに食事が良いのじゃ。街の食事は美味い物は高いからのう」

水浴びを終えるとさっそく俺はいつものように料理にとりかかった。今回は魚をメインにしてみようと思う。素早く魚の内臓を抜いて串焼きにする。やがてバチバチと脂をしたたらせて焼ける魚の良い匂いが漂う。もう一品はスープだ。変わり映えがしないと思うが、野菜がたっぷりと食べれるお手軽な料理だ。

「はふ、はふ、肉もいいがこう脂がのっておると魚も美味いのう」

「そうだな、リープも栄養があっていいと言っていたし、魚も積極的に食べなきゃな」

俺には『無限空間収納《インフィニットスペースストレージ》』があるから釣り上げて野締めしたすぐの魚をそのままの状態でしまって置ける。この不思議な魔法は生きているものは入れられないが、それ以外ならまるで時が止まっているように良い状態で保存してくれる。

「はうっ、パリパリに焼かれた魚の皮が美味いのう。我も早く『無限空間収納《インフィニットスペースストレージ》』を習得したいものじゃ」

「無属性の空間魔法だからな、地道に練習していくしかない」

この星の物理法則がどうなっているのかさっぱり分からない。リープが丁寧に説明してくれたが科学と魔法の融合がなんとかかんとか。やっぱり、さっぱり分からない。

「レイは冒険者を辞めたら、この魔法で行商人にもなれるのう」

「うーん、どうかな。苦手なんだよ、金銭の計算」

この魔法は特に商人などには魅力的な魔法だ、なにせ商品を運搬するのに馬車などを使う必要が無くなる。そして、魔力の総量にもよるがかなりの物品を劣化させずに持ち運びができるのだ。それぞれの都の大商人の中にはこの魔法を習得している者がいるらしい。本で読んだ知識だから実際のところは分からない。

「レイの言うとおりに『無限空間収納《インフィニットスペースストレージ》』を持ちたいと魔法の姿を思い描いてはいるのじゃがな」

「俺は本で読んでそういうことができるのかと単純に信じこんだからな、後になって『無限空間収納《インフィニットスペースストレージ》』がどれだけ希少な魔法かを知って驚いたくらいだ」

魔法を使うにはまずその魔法への適性と必要な魔力、そして使う魔法のイメージが必要になる。その点、俺は火属性と風属性の他に無属性の適性があるわけだ。『無限空間収納《インフィニットスペースストレージ》』に加えて『瞬間移動《テレポーテーション》』も使えるようになったからな。

「我は『瞬間移動《テレポーテーション》』も習得してみたいぞ」

「何度も説明したけど、この魔法ってすごく燃費が悪いぞ。多分、国家間を数回も往復で移動すればその日は他に何もできなくなる。以前より俺の魔力の総量が増してるのにそんなものだ」

「リープの言っていた強制転移も同じ理屈の魔法だえ」

「らしいな。俺じゃ一国を移動するので精一杯。星から月まで転移となるとどれだけのエネルギーを使っているのか。リープたちの文明は恐ろしくすすんでいるよ、冒険者を引退したら月でそのへんを研究しながら暮らすのも面白そうだ」

「それも良いのう、リープの出してくれる食事も美味かったからのう」

「こっちの世界じゃ、手に入りにくい食材が豊富にあったよな」

リープたち人造人間という魔道具は飲み食いはする必要がないが、その主人であるマスターとなるのは生物だ。だから、いつでもマスターである俺たちが帰ってこれるように農場や牧場が管理されている。

「ロンボス国は魔道具の生産で有名な国だが、その先のレブリック王国は農業大国だ。何か美味いものがあるかもしれん」

「それは良い話じゃ、美味いものは生きる為の活力じゃからの」

そんなことを夕食の時に話しながら、熱々の魚と野菜スープを食べた。その後は交代で見張りをしながら一夜を過ごした。

魔道具

　フォルクス王国から駅馬車を使い、国境からは徒歩でロンボス国へと辿りついた。

「前に来た時にはゆっくり観光もできなんだ、大飢饉であったからのう。今度は魔道具の生産地とやらをしっかり見るかのう」

「魔道具と言えばリープがそうらしいが、どんだけの技術をつぎ込めばあんなに人間そっくりにできるんだろう」

「我らの持っている冒険者証と同じ失われた技術、アーティファクトというやつじゃな」

「そうだな、俺は以前も言ったとおりこの冒険者証もおかしいと思ってたんだ。血を一滴垂らしただけで個人のレベルやスキルを読み取ってしまうんだもんな」

「あまりに皆が普通に使っておるから疑問に思わない、それに冒険者証はアーティファクトの一つとはいえ膨大な数があるらしいからのう」

「冒険者ギルドの始まりから使われていたらしいからな、リープたちはどれだけ以前からこの星に介入しているんだか」

この星は遊戯、つまりゲーム用に開発された惑星だとリープは言った。俺たちがそのゲームの一つをクリアした、それは世界の欠片を集めるというゲームだった。俺たちが望めば他にも様々な冒険がしこまれているらしい。何百、何千年前から用意していなければできない所業だ。

「ふむ、レイ。見てみよ、リープの原形のようだのう」

「魔道具の人形か、これが進化してリープになるわけだよな。……信じられん」

せっかく来たのだからとその後も魔道具の店を見てまわった。簡単に火をつける魔道具や一定量の水が毎日湧きだす桶、涼しい風を送ってくれる物、逆に体を温める物などが所狭しといろんな店に並んでいた。

「温石の魔道具は買っておくか？　冬の冒険に役にたつぞ」

「念の為に買っておこうかのう」

いろいろと見てまわったが俺たちが買ったのはそれくらいだった。二つ合わせて金貨二枚である。慎ましくすれば二カ月は暮らせる値段である。やはり魔道具は高い、だからこそ冒険者ギルドもその材料である魔石を高く買い取ってくれるのだ。

「冒険者ギルドにも一応、寄ってみるか」

「そうじゃのう、面白い依頼があるとよいのう」

ロンボス国の冒険者ギルドに寄ってみたら、珍しくサイクロプス退治の依頼があった。こいつは人間より二、三倍大きな体で眼は一つしかないのに俊敏に動く魔物だ。

「プリムは初めてじゃないか、サイクロプス退治」

「バトルルームでは何度も相手をしたが、実物を見るのは初めてじゃ」

それではさっそくとギルドから依頼を受けることにした。レベル50と偽装を施したおかげで、今度はわりとギルドの職員ともめることもなく依頼を受けることができた。

この世界じゃレベル上げをするのは兵士や冒険者くらいだ、普通の農民や平民にはそんな時間は無いし必要も無い。だから、高レベルの者が少ないのだ。ごく普通に生活していればあのわらわらと沢山いる弱い魔物ゴブリンと戦うことすらない。

「それじゃ、行くか。ええと東の街道だな。どっちみち俺たちも通る道だ、一旦は狩りをしておいても悪くない」

「本物のサイクロプス退治じゃ、我に順番を譲っておくれ」

「いいよ。俺は昔、退治したことがあるからな」

「すまんな、感謝する。問題はやはり体格の差じゃな、速さと魔法で仕留めるのじゃ」

目指す東の街道に行ってみればサイクロプスの居場所はすぐにわかった。なぜなら、人や動物、魔物の死体が散乱していたからだ。

「普段は山の奥に住む魔物だからな、簡単に襲えるこの辺りの人間や動物はご馳走なんだろう」

「大人しく山にこもっておれば退治されることもないだろうにのう」

グギャアアアアア、グルルルル、ニニニニククウゥゥゥゥ!!

死体を辿って森の中をすすんでいけば、目指すサイクロプスもすぐに見つけることができた。奴はぐったりとしている捕らえた人間の頭を今にも嚙み千切るところだった。サイクロプスには知能がある個体もいて、片言くらいなら話すこともある。

「そんなものは食べずに、我の相手をしておくれ!!」

プリムは魔法で生み出した水の刃でもってサイクロプスの単眼を攻撃した。奴は悲鳴をあげて持っていた人間を放り出してこっちに向かってきた。

「まずは足、とおぉぉぉぉぉぉ!!」

恐らくは音を頼りにこっちに向かってくるサイクロプス、その足元にプリムは滑りこんでミスリルの剣で見事に右足を切り倒した。

「皮が高く売れるのだったのう、ならば斬首としておくかや」

片足を失くしてもがいているサイクロプスをプリムは魔法の水の刃を重ねて放ち、油断なくその首を切り落とした。フォローがいるかと身構えていた俺だったが、今回は出番が無かった。

「それじゃ、魔法で皮を剝いでおくか」

「うむ、魔石もいただいておくのじゃ」

その剝ぎ取りをする前に捕まっていた人間の方も手当てをしておいた。サイクロプスに捕まって助かるとは運の良い奴だ。俺たちがサイクロプスから剝ぎ取りをする頃には目も覚めたようだ。そいつは開口一番にこう言った。

「あ、あの、その魔石どうか僕に譲ってください!!」

専用

「ほう、いくらで買ってくれるのじゃ？」

「き、金貨一枚ではどうでしょう!!」

俺たちがサイクロプスから助けたのは黒髪のどこにでもいる男だったが、随分と図々しい金額をプリムに提示してきた。

サイクロプス退治は本来ならそこそこのパーティが請け負う仕事だ、その魔石も捨て値で売っても金貨三枚はするだろう。プリムが俺を見たので、俺は首を横に振っておいた。いくらなんでも安過ぎる。

「お主は世間を知らんのう、ダメじゃ。サイクロプスの魔石はギルドに売ることにする」

「そ、そんなぁ……」

一瞬、その男がプリムに摑みかかるような仕草を見せたが、俺が剣を抜いて威嚇してやれば諦めたようだった。もっとも、その視線は憎悪にまみれたものだったが。俺たちはそれを無視して、剝ぎ取った物やサイクロプスの討伐証明の部位である目玉を持って帰った。

ふと疑問に思ったので都に帰ってから、冒険者の酒場で話を聞いてまわればその理由が分かった。

「ほう、魔道具の大会があるのかえ」

「へぇー、それは面白そうだな。さぁ、もう一杯エールをどうだ」

「あんちゃんたち気前がいいな、そう、もうすぐ年に一度の出来の良い魔道具を競い合う大会があるんだ。だから、見習いや職人の間では魔石がいくらあっても足りないっていうわけさ」

魔道具を作るのに欠かせないのが魔石だ。これは通常なら魔物の体内からしか取れない。稀に土地が生み出す魔石もあると聞くが、それは例外中の例外である。

「オーガくらいの魔石でも高値がつくのか？」

「どのくらいで売れるのかのう？」

「まぁ、そうだな。今なら何でも普段の一・五倍はするわな。あんちゃんらも冒険者だったら、今が稼ぎ時だぜ」

別にお金には困っていない、困っていないが冒険者としてはわくわくするような話だった。プリムと顔を見合わせて、ニッと笑い、さっそく、オーガなど金になるような魔物の依頼を見に行った。

「一つも残ってないのう」

「まぁ、皆。考えることは同じってことか」

冒険者ギルドに行ってみればものの見事に討伐系の依頼書が一つもなかった。俺たちが引き受けたサイクロプスは難易度が高かったから残っていたのだろう。普段なら人気のないコボルトやゴブリンの依頼書まで無いのだ。

「………レイ、この前のサイクロプスの魔石はまだ売ってないのじゃ」

「そういえばそうだったな、それがどうかしたか？」

「我も魔道具を作ってみるのじゃ!!」

「は？」

魔道具に興味を持ったプリムは専門の書籍まで購入して魔道具の勉強をしていた。プリムは一度興味を持つと結構な勉強家だ。

「冷布の魔道具を作ってみたのじゃ、打ち身を作った時や暑い時でもこれでひんやり涼やかなのじゃ」

「さ、サイクロプスの魔石で冷布!?　な、なんて贅沢な」

「あんまり難しい魔道具は作れなんだ、でも実用的であろ？」

「確かにな、実用的ではある」

これが採算度外視の趣味というものだろう、俺は無邪気に喜ぶプリムの頭を撫でておいた。冷布というのはその名の通り、冷たい布で暑い時に首回りに巻いたり打ち身を作った時に使ったりする。

実際に暑い時に冷布は結構使いそうだ。プリムの作ったものが使い捨てでないというのがまた良かった。ちなみに使い捨ての物は青銅貨一枚くらいで売っている。ジュース一杯分くらいの値段で品質も悪い。

「ほうほう、あれが今年の優勝作品かえ」

「なんでも昼の間に熱を吸収して、夜は灯りになるという作品らしい」

魔道具の優勝作品も実用性を重視していて、貴族などを購買層に狙った作品が多かった。もしくは大衆向けに量産ができそうなものだ。

「ここだけ見ると平和そのものなんだけどな」

「うむ、ここだけ見ておれば平和じゃな」

表の作品には実用的で生活に密着した魔道具が置いてあった。ただ表があれば裏の世界もあるのである。

一般人が立ち入ることができない軍事エリアでは、随分と物騒なものが開発されていたそうだ。リープから俺たちに関係するかもしれないからと通信があった。

「軍事エリアでは投げれば炎が爆発する、手榴弾に似たものが開発されております。マスター、くれぐれもそういった施設には立ち入らないでくださいませ」

「リープ、情報ありがとな。助かる」

「はうぅ、裏の世界はえぐいのう」

「どこの国だって自衛くらいしてるさ、そうじゃなかったら今頃滅ぼされている」

「理屈としてはわかるのじゃが、せっかくの発明家気分が無くなっていくようじゃ」

プリムが落ち込んでいるので俺はその日、宿屋で水浴びの後に念入りに耳と髪それに尻尾をブラッシングしておいた。こうしてやるとプリムにとっては毛づくろいをされているようでとても気持ちいいらしい。

「はうぅ、レイのブラッシングの腕はどんどん上がっていくのう」

「そりゃ、ほぼ毎日こうしていれば上手くもなる」

「水浴びの後のブラッシングは最高じゃ」

「気持ちがいいならなによりだ」

しばらくそうやってウトウトとブラッシングを受けながらプリムは微睡んでいた。そして、ふとガバッと起きあがった。

「自動でブラッシングをしてくれる魔道具があったらどうじゃろうか!!」

「え？　……うーん、それ獣人には人気が出そうだけど、まさか作るのか？」

プリムはしばらく起きあがった格好で考えたあと、またコロリと横になった。そして、くいくいとブラシを引っ張ってブラッシングを催促する。

「よく考えれば我には不要であった、それにレイのような高度なブラッシング機能を再現するのは我の腕前では無理じゃ」

「俺はプリム専用の魔道具か!?」

「そうであればいいのう……、今後も……ずっと…………むにゃ……」

「まったくもう仕方のない奴だな」

ブラッシングをしているうちにプリムは眠ってしまった。俺も眠くなってきたのでプリムを抱き枕にして眠ることにした。

そうだ、プリムのような抱き枕の魔道具はどうだろうか？

……俺にはプリムがいるから不要だが、かといって他の奴らにも使わせたくないな。大衆受けをする魔道具とは難しい、これも奥の深い世界のようだ。

戦争

「レイさま、プリムさまにご報告します。レイさまの弟パルスがディレク王国に留学中のムーロ王国第二王子シムティを暗殺しました」

「なに!?」

「なんじゃと!?」

朝食の最中にリープから『神託』が入った。俺とプリムはその内容にそれぞれ驚きの声をあげた。

弟のパルスとは先日向こうから送ってきた暗殺者を利用して俺の偽装死を演出した。それでしばらくは関わるつもりはなかったのに、あの弟はまたとんでもないことをしてくれた。

「これによってディレク王国とムーロ王国の関係悪化、戦争の可能性が高くなりました。充分に警戒してください。またムーロ王国とドクトリーナ王国とは同盟の気配が見られます。何かご質問はございますか?」

「……今からその戦争を防ぐことはできるのか?」

「我らにできることがあればしたいのじゃ」

「今、現在の状況では難しいと思われます。第二王子暗殺の実行犯はすでにパルスの手の者によって始末されています。映像記録では証拠はいくらでもございますが、それをそちらの世界の者に信じさせることが難しいです」

「そうか、とにかくその映像を証拠として保存しておいてくれ」

「戦争になるのかのう、つくづくあの弟は碌なことをしないやつじゃ」

幸い俺たちはディレク王国にわりと近いロンボス王国にいた。パルスの暴走を止める為にはまずフォルクス王国に渡ってからディレク王国に行く必要がある。

移動中の駅馬車の中で俺はプリムにディレク王国とムーロ王国との軋轢《あつれき》について話しておいた。

「ディレク王国とムーロ王国は仲があまりよくない、隣国だからその国境線を巡って過去に何度か戦争を起こしているからだ。それに奴隷制度の有り無しについても意見が合わなくて何度かもめている」

「つまり、今度の件で戦争に発展する可能性は充分にあるのじゃな」

「そうだ、最近は落ち着いていたところだが長年の恨みつらみはそう簡単に消えないからな」

「むう、それは分からんこともない」

フォルクス王国の端からは徒歩で国境線を越えた、いつもよりも国境を越えるのに時間がかかった。また入国する者は少ないのに出ていく者が多かった。ディレク王国の街を目指して俺たちは歩いていった。

「戦争となれば、銅級の俺たちじゃ冒険者としては相手にされない。だから一時的に傭兵になってディレク王国の方に力を貸したいと思う」

「うむ、傭兵か。我とは性別が違うゆえ、違う部隊に配属されるかもしれないがそれも仕方がないのう」

「プリム、俺はディレク王国の奴隷制度を認めないその考えが好きだ。そして、あのパルスの思惑をぶっ壊してやりたい」

「そうか、もしディレク王国が戦争に負けたら、ムーロ王国とひょっとしたらドクトリーナ王国に吸収されてしまうかもしれんのじゃな。我も奴隷制度のある国はすかん、ディレク王国の助けになりたい」

　そうしてやってきたディレク王国の都だったが、まずは冒険者ギルドにも顔を出してみた。すると以前にもめたおっさん、金級の冒険者であるハンスと出会った。

「お前たち、しばらくみかけなかったが国を出たんじゃないのか？」

「一度出て帰って来たんだ、今後、戦争が起きるんなら傭兵として参加するつもりさ」

「我もじゃ、奴隷制度などないこの国が気に入っておるのじゃ」

「……戦争ならもう起こる寸前だ、お前ら俺たちの遊撃隊に入るか。仲間は冒険者ばかりで、ある程度は自由に動いていいと言われている」

「それは助かる、伊達に金級の冒険者じゃないんだな」

「我からも礼を言う、傭兵よりも自由に動けそうで良いのじゃ」

ディレク王国はムーロ王国とドクトリーナ王国に挟まれている国だ。おそらく軍は同時に攻め寄せてくるに違いない。

「俺がドクトリーナ王国の方に行く」

「それでは我がムーロ王国の方じゃな」

それから一カ月ほどしてから宣戦布告がなされ、国民全体が戦争に備えることになった。

俺とプリムは二手に分かれて参戦することにした。もうプリムは俺に依存はしていない、一人でも充分に戦える女性だ。俺もプリムを信じて分かれて行動することができる。

俺たち冒険者の遊撃隊も基本的には傭兵と同じ扱いだ。給料が払われるし、状況が悪くなったら逃げるのも自由である。

「何かあったらプリムは自分の身を守ることだけ考えてくれ」

「レイもじゃ、他の者よりも我にとってはレイの方が大事ぞ」

俺はプリムと約束した、この国を救いたい気持ちは同じだが決して無理はしないと二人で誓いあった。

そして、戦争が始まった。まずはドクトリーナ王国側から二千ほどの軍勢が押し寄せてきたのだ。

俺はフードを深く被って顔を隠し、前線へ出ていこうとする。

「おい、坊主。一体何をするつもりだ!?」

「はっ、簡単だ、あいつらは俺を殺そうとしている、だから俺もあいつらを殺しに行くのさ。遊撃隊は攻め込める時は攻め込んでいいんだろ」

「今、攻めるなんて正気か。おい、戻るんだ」

「平気、平気、むしろ最初に大きく叩いた方が相手の損害も大きいって」

俺は制止するハンスのことを振り払って、二千の兵が襲ってくるその最前線へ飛翔の魔法で前に出た。当然、弓や魔法が飛んでくるが俺の五重に張った結界はそんなものでは破れない。

「殺す気でくるのなら、こちらも殺す。皆、灰になって燃え尽きるといい」

俺は数百の火の球を自分を中心に宙に浮かべる、そしてその火球を敵の軍勢めがけて解き放った。凄まじい轟音が大地を揺らして響き渡る。数百の火球は狙いをはずすことなく敵の軍勢のほとんどを焼き尽くした。いくつか相手からも魔法が飛んできたが、俺の結界はそれらをなんなくはじいた。

俺は成果を確認すると、一旦ハンスのいる遊撃隊に戻った。

「………坊主、お前。………本当に、人間か？」

「人間だよ、だから奴隷制度にも腹を立てている。……俺は魔力の使い過ぎで疲れたから少し休むぞ、幸い敵は大混乱を起こしている。今が手柄の立てどきだぜ」

俺はそう言うと意識を半分だけおとして魔力の回復に努める。さすがに二千の兵は多かった。久しぶりに扱う大魔法だったのも魔力も大きく消費した。全体の三分の一ほどの魔力を失ったのだ。

今は大人しくして回復に努めなくてはならない。

攻防

数時間、そうして魔力の回復に努めているとハンスが前線から帰ってきた。

「あっ、ハンス。戦線はどんな具合だ、もう一度俺が前線に出ようか？」

「ばぁ～か、その必要はねぇぜ。……なにせもう敵さんがいないからな」

「はぁ!?」

「坊主の最初の一撃で相手の半分以上の兵が焼死した、あとは追撃をするだけで終わったよ。こんなに早く戦争が終わったのは初めてかもしれねぇな」

「そ、そうか、怪我人とかはいないのか。得意じゃないが回復魔法も使えるぞ」

「大丈夫だ、坊主はそこで休んでな」

俺はそこで意識を月の基地にいるリープに繋いでみた。リープはすぐに俺が知りたかったプリムの映像を送ってくれた。俺と同じようにフードを深く被り、正体が分からないようにしているがあれはプリムだ。

どうやら向こうでもプリムが同じようなことをしていた。大規模な雷が何度もムーロ王国の兵隊を襲って壊滅寸前まで追い込んでいる。ふと、あの小さくて大事な狼少女のことを想って微笑んだ。

「やりすぎだよ、プリムの馬鹿め」

しかし、その時プリムの魔法に拮抗するように氷の盾が複数現れた。嫌な予感がした俺は迷わずに瞬間移動でプリムのところに移動した。

「おや、レイ。そちらは片付いたのかえ？」

「ああ、こっちに手がいるかと思ってやってきた」

それからは火炎が得意な俺が火球で氷の盾を破壊し、プリムがその隙にいくつも大きな雷を落として敵を焼いていった。

「プリムが無事で良かった。よくやったぞ」

「レイこそ無事で安心したのじゃ、助けに来てくれて嬉しかったのじゃ」

「……へぇ、兄さん。生きていたんだ」

俺たちが戦場での再会を喜んでいると無粋な声がかかった。俺たちがよく知っている、むしろ関わりたくない奴の声だ。飛翔の魔法で飛んできたのだろう、そこには弟のパルスが一人でニヤニヤと笑いながら立っていた。

「それも僕の邪魔をしてくれるなんて酷い兄さんだね。そっちの獣人は兄さんの女だったっけ、仲が良さそうで吐き気がするよ」

「……パルス」

「このひねくれたブラコンめが!!」

ムーロ王国とディレク王国の戦場で俺とパルスは対峙していた。今ならパルスの暴挙を止めるのに何も障害になるものがない。パルスはムーロ王国側、俺はディレク王国の兵士だ。両軍が相対するちょうど中間地点で俺とパルスは戦闘態勢に入った。

プリムには待機していてもらう、これは俺とパルスの戦いだ。

「はっははは!! これでやっと兄さんを殺せるんだ!!」

「そう簡単にいくか、試してみろよ!!」

お互いに剣で何度か打ち合った。剣は同じアダマンタイトの業物だ。そして攻撃するパルスのレベルは以前より確実に上がっていた。超越者の域に入っている。金属のぶつかる激しい音がして、俺は油断せず攻撃を受け流した。

「僕が勇者さまで兄さんはその辺のただの人間さ、無力を嘆いて死んでいくといい」

「俺はただの人間でいい、だがこれ以上お前の暴虐は見過ごせない!!」

何本もの氷の槍が俺を狙って飛んでくる。俺は火球をいくつも生み出して迎撃した。魔力の量は俺の方が上だが、氷の盾を生み出した魔法から判断して、パルスが超越者なのはやはり確実だ。

相手の力量が正確に分からない今、ドクトリーナ王国で疲労した分と瞬間移動で消耗した分が痛い。だが、さきほどの魔法戦の後ではパルスに負けるような気がしない。このまま魔力の消耗をおさえて早めに決着をつけたいところだ。

「ほらね、超越者といっても兄さんは僕には敵わないんだ」

「それは最後まで戦ってみなければ分からないだろう」

魔法でパルスの得意な属性はおそらく水と闇のようだ、何十本もの氷の槍が俺の視界を埋め尽くす。俺も炎の槍を生み出して迎撃する。やはり魔力の量は俺の方が上だ、魔力の操作もこちらの方が素早くて速い。

「ほらっ、ほらっ、兄さんの大事な女にも当てちゃうよ」

「……プリムはお前が思うほど弱くない」

慎重に相手の力量を探っている俺に対して、パルスは脅すようなことを言う。同時に氷撃の流れ弾がプリムの方にも幾つか向かうが、プリムはそれを避けるか氷を水に戻して勢いを殺しているようだ。あの子は成長した、共に戦える心強い仲間だ。

「はああああぁぁぁ!!」

「あははは、そう言えば兄さんも一応は騎士だったっけ？　危ない、危ない」

魔法での攻防とは別に剣での戦いが同時に行われている。パルスは逃げるばかりでこちらの攻撃をまともに受けようとしない。傍から見ていれば俺が独りで空回りしているようにも見えるだろう。

「怖いなぁ、でも皆の目にも強敵と戦う勇者さまを焼きつけとかないとね」

「勇者さまの舞台ってやつか、お前は戦争を何だと思ってるんだ!?」

相変わらず剣をまともに受けようとせずに、パルスはこちらにしか見えない暗い笑みで答える。

「そりゃもちろん僕の人生の輝かしい歴史の一つさ、遠国なら笑顔で対応していてもいいけれど隣国にはそうはいかない。一つ一つ、身内の犠牲を払ってでもとりこんでいかなきゃね」

「……随分と重い犠牲だったようだが」

暗にムーロ王国の第二王子の暗殺をほのめかしながら笑ってパルスは答えた。遠目に見れば勇者さまが余裕をもって、敵側の正体不明の魔法使いと戦っているように見えるのだろう。実際は今までの経験から、俺が慎重にパルスの相手をしているだけなんだが。

「やだなぁ、兄さん。貴方にだけちょっと打ち明けるとムーロ王国の王族も僕には要らないんだよ。僕の妻の一人にムーロ王国の王女がいる、だからそんなに重い犠牲じゃなかったんだ」

パルスはまるで内緒話をするかのように戦いながら俺に話しかける。その表情は微笑んだままで恐ろしいことを当たり前のように話し続ける。俺も一応真面目に話を聞いている。なんといってもいきなり魔王を倒してきてしまうような突飛なことをする弟だからだ、何をやりだすか分かったものじゃない。その時、ふと思いついて俺はパルスに聞いてみた。

「……パルス、お前。もしかしてムーロ王国の王位を狙っているのか？」

俺の言った言葉にパルスの口唇がニヤリと形を変えた。

決着

「僕がムーロ王国の王位を狙ってる？　ああ、兄さんは何て怖いことを言うんだろう」

「違うのか？」

　あっさりとムーロ王国の第二王子を暗殺した件といい、王族への軽々しい発言といい、俺にはパルスが王国の王位を狙っているようにしか見えない。また無謀というか、パルスらしい発想だ。

「偶々《たまたま》、僕以外に王位を継げる人間がいなくなってさ。そこに華々しい活躍をした勇者さまがいたら皆はどうするだろう、これはそんな実験なんだよ。……きっと僕の思いどおりになると思うけどね」

　ムーロ王国側からはパルスが俺の攻撃を打ち払う、もしくは避けてみせる度に歓声があがる。こいつはそんな無垢な国民を騙して恐ろしいことに巻き込もうとしている。勇者という特別では満足できなくて、今度は王位を欲しているのか。

「野心があるのはいいが、お前のはやり過ぎだ」

「そう？　僕は魔王を倒して勇者になった。だったら王様になるのも不可能じゃないと思うよ。実際に僕の王位継承権はどんどん上に上がっているんだ」

パルスはムーロ王国内部でも勇者の名を隠して暗躍しているようだ。こいつは本気で王位が手に入ると思っている。その為にこの戦争を引き起こしたようだが、俺と敵対した時点でパルスの願いは叶わない。

「さぁて、勇者としての戦いも充分皆に観戦して貰ったし、そろそろ死んでくれるかな、兄さん？」

「本気でやる気になったか、このペテン師め」

俺たちは話をしながら魔法と剣での打ち合いも続けている、剣も俺の方が上手だ。逃げまわるパルスは強くなっていたが俺を凌駕するほどではなかった。冷静に剣を受け相手の隙を狙っていく。

「兄さんがいなくなったら、僕があの生意気で良い声で鳴きそうな狼女を拾ってあげるよ。大丈夫、女には優しくするからさ!!」

「パルス!!」

プリムのことをけなされた瞬間、カッとなった俺は縮地《しゆくち》と空間跳躍《くうかんちようやく》を活かしてパルスの懐に入りこみ剣を打ち下ろした。そのまま連撃でパルスを追い詰めていく。

「な、なにを兄さん怒ってるのさ。ああ、あの女の——!?」

「————!?」

パルスがまた何か言いかけた瞬間、その隙を逃さずその右腕を切り落とした!!　対してパルスは攻撃を受け流せず、まともに受けてその場に膝をついた。

「ぼ、僕の右腕が!?――――ガッ!!」

「…………誰であろうと、もう二度とプリムを傷つけることは許さん!!」

パルスが腕を失って衝撃を受けている間に、俺は奴を蹴り飛ばしてその体を地面へと激しく打ち付けた。パルスはとっさに氷の盾で反射的に防御しようとしたようだが、俺の魔法の火炎の勢いに瞬く間に氷は蒸発してしまった。

「止めて、兄さん。いきなりどうしたの、僕は貴方の弟なんだよ。ぎゃあああ!!」

「何度も俺を殺しかけたくせに今更どの口が言う」

その無くなった腕の傷口を焼き他の四肢の腱も焼き切った、戦場に肉を焼く嫌な臭いがわずかに流れパルスが悲鳴をあげた。

「痛い、痛い、痛い!! どうして僕が、僕は超越者になったのにぃ!!」

「お前は何も越えていない。勇者でもない。ただの卑怯者だ」

痛みは魔法の集中を妨げる、パルスは四肢を焼かれたことで魔法での攻撃すらできなくなったようだ。氷での攻撃が止み、俺はパルスに止《とど》めをさすべく剣をゆっくりと構えなおした。

「さよならだ、パルス」

「待ってよ、兄さん。僕は兄さんの弟だよ、たった一人の兄弟だ!! 考え直して、そうだ。兄さんになら宰相でも、騎士団長でも好きな位をあげるから!!」

パルスが悪あがきをしはじめた時、ムーロ王国側から数名の兵士がこちらにやってきた。彼らは武器を持っておらず、パルスの身に覆いかぶさってその身を投げだした。

「お願いします、どうか勇者さまをお助けください」

「パルスさまは偉大なお方です」

「お命だけはどうか、お願いでございます」

「…………お前たち、危ないぞ。下がれ、僕は勇者だ。この身を案じることはない。実の兄が弟を殺すなどということがあるものか」

一瞬だけパルスが醜悪な顔をしたのが分かった。その後は弱々しく、敗れても尚命だけは繋ぎとめようと演技をしていた。

ここでこいつを放置したら、また回復して害悪をまき散らすだろう。俺は剣をパルスの心臓に向けて構えなおしたが、パルスの狂信者たちがその場から動かない。

「我はもう我慢ならん、リープよ。神託じゃ、こやつの悪行を皆に知らしめよ!!」

「プリム!?」

計算高いパルスの行動にぶち切れたのはプリムだった。彼女の命令と共に空をスクリーンにしてパルスの隠された悪行が次々と映し出された。

俺は、彼女がこんなことができるなんて知らなかった。広大な空に鮮明な映像が広がって音声が耳元に神託として流れていく。

そこに流れたのはこの星の周囲をまわっている衛星や、国の監視にあたっている魔道具からのまとめられた過去の記録だった。
セメンテリオ魔国の王女と共謀しての王の暗殺
その後の戦争中の邪魔者たちを屠《ほふ》っていたこと
勇者という光の裏側で、消されていった者たち
ムーロ王国第二王子シムティに対する暗殺命令
「嘘だ、嘘だ、嘘さ、神が僕を裏切るはずがない!! こんなものはでたらめだ!!」
パルスはそう必死に訴えたが、あまりの映像の鮮明さに、この場にいた者でその言葉を信じる者は少なかった。
両軍共に広大な空に広がる『神託』を前にして争うことを止めていた。そして、次の瞬間には金色の風が地を走って俺とプリムはその場から姿を消した。

これから

　ムーロ王国、ドクトリーナ王国対ディレク王国の戦いは、ディレク王国の圧勝で終わりを告げた。神託によってムーロ王国第二王子シムティの殺害の疑いも晴れ、戦後交渉はディレク王国に有利に進んでいるそうだ。

　スティグマタ国などではあの時空に現れた『神託』に影響を受けて、新たな『神託』がないかと祈り続ける日々らしい。他の国にも大なり小なり影響を与えたそうだ。

　あんなことができるとは知らなかった。もし戦争前に知っていたらいくらか犠牲は減らせただろうか。……考えても仕方がないか。パルスの悪行を暴いたプリムには感謝している、俺ではああいった大胆な発想は出てこなかっただろう。

　パルスはあれ以来、牢に繋がれたままでいる。今まで隠されていた悪行がさらされて、その一つ一つに対して審議を受けている最中だ。衛星や隠して配備されている魔道具からその詳細を見ることができる。

「うるさい、うるさい、あんなものは全てでたらめだ。僕をはめようとする罠だ!!　僕は兄さんになんて負けていない!!　ああ、神さま。僕の神さま、どうか助けを。僕に新たな神託を――!!」

逃げられないように、失くした片腕や切られた両手両足の腱はそのままにされている。魔法も使えないように特製の魔道具がはめられているそうだ。

国内にはまだパルスの支持者も多く、ムーロ王家はその洗脳を解く為にパルスの悪事を一つずつ公開し続けている。

「リープ、今後は『神託』の使用を全人工知能に禁ずる。……もしかしたらパルスもそれでおかしくなったのかもしれない」

「……かしこまりました、マスターたち以外の『神託』を禁止致します」

俺の命令にリープは素直に返事をした。だが、それに納得がゆかないプリムが怒った。

「レイ、それは間違いじゃ!!　あの隠れブラコンは『神託』などなくても絶対に何か事を起こしたぞえ!!　『神託』がどーのこーのという以前の問題なのじゃ!!」

「……確かにあの性格の悪さは生来のものがあったな。あー、うん。それじゃ、どうしようか？」

結局、今までどおり各人工知能の神託は続けられることになった。ただし、パルスに関わっていたものだけは回収し、記録を残したうえで廃棄された。今後の神託に悪影響がないか、詳細を調べていくそうだ。

「とにかく大変だったね、まぁ甘いものでも食べて元気を出しなよ」

「おお、シオンありがとう」

「うむ、シオンは頼りになるのう」

うん、シオンは頼りになる仲間だ。あの戦争時もドラゴンの姿のまま、空にあった雲の中でハラハラしながら俺たちを見ていてくれた。そして決着がつくと同時に下りてきて俺たちを回収してくれたのだ。おかげでパルスと戦った者の正体は分からずじまいで済んでいる。

そして、そのまま俺たち三人は月基地に避難していた。その理由は下の惑星では勇者パルスを倒したのは誰だ、あの黄金のドラゴンはなんだったんだ、そう余計な話題が飛び交っているからだ。

各国にしてみればその者の力を取り込みたい、是非我が国に来て欲しいということになっている。

「でも良かったね、あの戦いを近くで見ていたのはほんの数人だから、レイが勇者を倒したって表向きは認められずに済んだね」

「パルスの奴は意地でも認めないらしいし、戦闘時のこともうわごとだって言ってるからな」

「ねじけたブラコンにしては珍しく良いことをしているのじゃ」

俺たちはシオンにすすめられたケーキを食べながら、のんびりとムーロ王国やその他の国の動きを見ている。

パルスに対する拷問の数々は正直おやつ時には見たくない。俺はディレク王国の市場に映像をきりかえた。

戦争を恐れて去った人々も戻ってきて、前のような活気ある国になりつつある。今回の戦争での勝利でもっと活気がある国になるかもしれない、次に行く時が今から楽しみだ。

「それじゃ、二人ともまたあの惑星に行くんだね」

「ああ、もちろん。まだ見ていない国もあるし、他の大陸にも行ってみたい」

「ひねくれブラコンも片付いたからの、今度こそのんびり観光をするのじゃ」

「僕もいつかその旅に参加しようかな」

「シオンならいつでも大歓迎だ」

「うむ、遠慮なく来るがよいぞ」

それから数カ月後に俺たちはディレク王国の草原に立っていた。戦争もどうやら落ち着いたようだし、また旅を再開しようとリープに転移して貰ったのだ。

プリムはしっぽを振りながら楽しそうに俺に言う。

「これからどうするんだ、人間」

「そうだな、とりあえずは横にいる相棒の頭を撫でまわすことにする」

「ふあはははっ、くすぐったいのだ。レイ、ふはぁははは」

「さて、プリムはこれからどうしたい？」

「我はレイと一緒ならどこでも楽しいのじゃ」

「そうか、それならゆっくりとあちこち見てまわろうか」

昔ここで俺は狼少女を一人拾った。その子は一生懸命で素直な良い子だった。今も腰を摑まれてぐいぐい頭を押し付けられているから、ついその大切な子の頭を撫でまわしてしまう。

「これからもずうっと一緒にいるのだ、レイ!!」

「それは毎日が楽しそうだな」

「当然なのじゃ、我と二人でいれば無敵なのじゃ」

「はいはい、分かったよ。そろそろ、腰から手を放して欲しいな」

「では、次はどこへ行くのかえ?」

「俺もプリムがいるならどこでもいいのさ」

とりあえず俺たちはディレク王国の街を目指して歩いていった。街に着いたら、昼飯でも食べながら今後のことを話し合うのも面白い。

プリムは嬉しそうに耳としっぽを揺らしている。俺もついついその可愛らしい様子に笑みがこぼれる。

そうして俺たちは二人で仲良く草原の中をゆっくりと歩いていった。

書き下ろし　ケーキが好きなドラゴン

「思ったんだけどシオンもできればそろそろ本気でレベル上げをしておいたほうがいいよな」

「そうじゃ、我らは九百以上レベル上げしたがシオンはまだ百前後だったのう」

「ん？　そうかい、レベルって上げておいたほうが良いものかい？」

レベル上げが趣味である茶色の髪と目をした一般人の俺、名前はレイと呼ばれている。それに加えてちょっと珍しい色彩の白い髪と赤い瞳のプリムという狼少女。そんな俺たちと話しているのは金髪碧眼の麗人、実はドラゴンが人化したシオンという青年である。

俺たちは時々月基地に帰ってきてのんびりとお茶会や宿泊をしていく。月基地で留守を預かるリープがその度に喜んで出迎えてくれるし、シオンも連絡をいれると嬉しそうに会いに来てくれる。

「どんな強敵がいるか分からないんだから、レベルは上げられるだけ上げておいた方がいいと思う」

「国にもよるが世の中物騒じゃからの、シオンの身も心配じゃ」

「……君たちがそんなに勧めるならそうしようかな、戦うのはあまり得意じゃないんだけどね」

シオンは俺たちの勧めに生クリームをたっぷりのせたケーキを食べながら頷いた。不思議だ、俺たちと同じようにケーキを食べているだけなのにシオンが貴族のように見える。俺は美醜にあまりこだわらないが、シオンやプリムといるとつくづく一般人なのだなと思った。

「それじゃ、このおやつが済んだらさっそく行ってみよう」

「はわわわわ、まさかあそこに行くのかえ？　またなのかや⁉」

「どこに行くのか分からないけど、なんだか面白そうだね」

俺たちはゆっくりとおやつの時間を楽しんだ後、リープに頼んでケントルム魔国のめだたないところに転移させてもらった。

「レベル上げの基本といえばなんだ、プリム？」

「低レベルだが倒しやすい敵が沢山いるところを狙う、もしくは自分より高レベルの敵と戦う、じゃな。我はよく分かっておるぞ。……じゃからもう、我はここからは行かんでよいのではないか？」

「大丈夫かい、プリムさんの足がぷるぷる震えているよ？」

ケントルム魔国は種族による差別が少なくてとても良い国だ。もう一つ良いことにレベル上げにちょうどいい迷宮があるのだ。

「ひゃあああ、だから我はここが嫌なのじゃー!!　結界で守られておっても、それとこれとは別なのじゃ!!　ひえええええ!?」

「落ち着けプリム、結界は破られないから大丈夫だ。ちょっと目をつぶっていれば、がさがさっと生理的嫌悪感がある音がするだけだ。…………………なんか俺も帰りたくなってきたぞ」

「おやおや、随分とここは魔力の濃い迷宮だねぇ」

ケントルム魔国の迷宮の最奥にいるのは普通の何十倍も大きく育った虫たちだ。ここの土がいいのか、空中の魔力を食べて太るのか一向に減る様子がない。倒してもすぐに湧き出てきてレベル上げにはもってこいの相手だ。もっともそこまでしてレベル上げをする物好きもおらず、俺たち三人しか最奥には入ってこなかった。

「れ、レイ。あとは任せたいのじゃ……、うぅ」

「分かった、プリムは背負ってやるから目と耳を塞いでいていいぞ。どうだ、シオンできそうか？」

「要するにこの虫たちをどうにかすればいいんだね」

俺が結界の中からシオンのすることを見ていると、シオンはあっという間に魔力を練り上げて解き放った。その瞬間、虫たちは鋭い凍った土の槍に体を貫かれることになった。これは凄い。

「なんと、薄眼を開けてみておればシオンは魔力操作が上手いのう」

「小さな虫まで串刺しだ、俺やプリムの使う広範囲魔法よりこれは難しいぞ」

「これでいいかい？　闇と土の魔法は得意なんだ」

魔法を放ったシオン自身は普段通りでゆったりとしていた。ここが迷宮の最奥だなんて忘れてしまいそうなほどにのんびりとしている。

「おかしいのう、後続の虫どもが来ないのう？」

「いつも嫌ってほど湧いてでてくるのにな」

　更に後続の虫たちに備えて身構えていた俺たちだったが、以前と違って虫は一匹も湧いてでてこなかった。おかしい、おかしいと首を傾げる俺たちにシオンは答える。

「ああ、人の気配はしない範囲まで僕が全部凍らせたからじゃないかな」

「おおっ、それで虫どもが来ないのじゃな。シオン、ぐっじょぶじゃ!!」

「す、凄い」

　俺たちがレベル百そこそこだった頃はそんなことはできなかった。レベルが九百を超えた今なら似たようなことができなくもないがこれが人間とドラゴンの差というものか。

　冒険者ギルドのプレートを見るとシオンのレベルは上がっていなかった。やはり大きくてもたかが虫ごときが相手では、レベルを上げるのには相手不足のようだ。

「つ、次は俺たちと戦ってみるか。シオン」

「そうじゃな、シオンと戦ってみるのも面白そうだえ」

「うん、いいよ。それにあまり何度も凍らせてしまうとここの迷宮の構造に問題が出そうだしね」

　これだけ広範囲を何度も凍らせたりすると地下水やその他に影響が出てしまうかもしれない。俺たちはケントルム魔国の誰も来ない荒野へ移動して対決することになった。

「最初は我が相手じゃぞ、シオン」

「女性には優しくが僕のモットーなのだけれど」

プリムとシオンは剣を交わし合う。プリムは一見すると細くて可愛い狼少女だが怪力のスキルを持っている。身長差のあるシオンにも果敢に切り込んでいった。

「やはり、怪力があっても剣では我に勝ち目はないかえ。ならばこうじゃ!!」

「あっ、ちょっ、それはああああ」

プリムは雷の広範囲魔法を至近距離からシオンに打ちこんだ。雷の魔法は先に結界を張っていない限り避けるのが難しい魔法だ。もちろん手加減されていたが、シオンはしばらくピリピリとしびれる体で休憩をとることになった。シオンは明らかに手加減をし過ぎていて、プリムに勝ちを譲ったという感じだった。

休憩中にリープから貰ったお菓子を食べることにした。シオンは本当に雷を受けたのか信じられないほどミルフィーユを器用かつ優雅にフォークで食べていた。

「いや、やっぱり甘いものは別物だねぇ。痺れていた体がほぐれていくよ」

「うむ、シオンは仲間ゆえ雷の威力はかなり加減したからの」

「鍛錬で怪我したら大変だからな、プリム偉いぞ」

そうやってまたおやつタイムが終わったら次は俺とシオンの対決だった。シオンとのレベル差はかなりのものだし、プリムとのやりとりから俺はそんなに警戒していなかった。

「レイ、手加減をしっかりするのじゃぞ」

「わかってる、シオンもな」

「加減はするけど、手は抜かないよ」

　そうしてシオンと手合せをすることになったのだが、最初の一撃でまず驚いた。攻撃が重い。俺も怪力のスキルは持っているはずなのに攻撃が重いのである。

「とうっ、っ!!　シオンは剣も強いな」

「うん、二人に置いて行かれないように少しは練習したからね」

　一撃、一撃が重いのにも驚いたがフェイントの入れ方や、上手い力のかわし方などもシオンは身に着けていた。なかなか俺と互角に戦える者がいないので、しばらくは面白くて剣だけで手合せを続けた。

「そろそろ、魔法の方も出すか」

「いいよ、レイ。ドラゴンは丈夫だからね、多少のことは大丈夫さ」

　シオンがそう言うので俺は火炎の嵐をもちろん手加減してぶつけてみた。シオンは見事にそれを激しい吹雪で防いでみせた。剣技をまじえながら、ほかにも火炎槍や風の刃もぶつけてみたけれど難なくいなされてしまった。本気で出した技ではないが、これだけレベル差があっても人間とドラゴンでは地力がかなり違うようだった。

「…………レイ、ちょっとごめん。余計な客がきたようだ」

「あ？　客ってあの黒いドラゴンか？」

「レイ、シオン。なんじゃ、あのドラゴンは？」

せっかく俺とシオンが楽しくレベル上げの為に鍛錬しているのに、いきなりやってきたドラゴンに邪魔されてしまった。シオンは本来の金色のドラゴンの姿に戻り、黒いドラゴンと対峙していた。どうも難癖をつけられているようだ。

「おお、こんなところでたらし野郎を見つけるとは!!　勝負しろ、勝負!!　そして、二度と俺の女に近づくな!!」

「何度言ったら分かってくれるのかな。どの子か分からないけれど、その子が僕に言い寄ってくるのは僕のせいではないんだよ」

シオンが言い訳をしようとしているようだが、その黒いドラゴンは承知しなかった。そこから、ドラゴン同士の激しい戦いが空中で行われることになった。

「し、シオン、頑張るのじゃ!!」

「あ、ああ。シオン、負けるんじゃないぞ!!」

俺とプリムは慌ててかなりの距離をとって、ドラゴン同士の戦いを見ることになった。シオンよりも相手のドラゴンは身体が大きくて最初は不利に思われたが、魔法やブレスを使ってシオンは器用にその黒いドラゴンの相手をしていた。手加減などしていない、炎や氷の魔法が空中で荒れ狂った。俺もプリムと協力して結界をはっていなかったら、きっと大ケガをしたことだろう。

「畜生、覚えてやがれ!!」

「いやぁ、それは無理かなぁ」

そして、結局はシオンが勝って黒いドラゴンは逃げかえっていった。俺たちは再び人化したシオンを抱えてリープに助けを求め、月基地まで転移させて貰った。

「やっぱり、甘いものは別物だなぁ」

「野菜もしっかりと食べねばならぬえ」

「そうだ、シオン。肉ももっと食べるといい」

勝負には勝ったもののシオンは相当深い傷を負っており、プリムが魔法でその治癒にあたった。また、傷は魔法で治せても流れた血は戻らないため、夕食には様々なものが出されたがシオンが最優先したのは甘味だった。

「それにしてもドラゴンはやはり強いのじゃな」

「ああ、シオンのレベルが俺たちくらいに上がったらどれだけ強くなるんだろうなぁ」

冒険者ギルドのプレートを見るとシオンのレベルは上がっていた。おそらくあのドラゴン同士の戦いが原因だろう。俺たちの手合せよりもあのドラゴン同士の戦いのほうがレベルが高くそして危険だった。

「僕はこうしてここで甘い物が食べられることのほうが嬉しいけどね」

望めば強力なドラゴンにもなれるかもしれないまだ若いドラゴンは人の姿でそう言って笑った。なんとも欲のないことである。

「レベル上げはともかく、プリムやレイとの手合せは面白いからこれからも頼むよ」

「もちろんじゃ、次こそは手加減なんてされて勝ちを譲らせないのじゃ」

「シオンと戦うのはいろいろと勉強になる、是非またやろう。なんなら今からでも!!」

レベル上げが大好きな俺はさっそくと立ち上がったが、そんな俺の言葉に金色碧眼の美人はまた生クリームをたっぷりのせたケーキを食べながらこう言った。

「うん、このケーキを皆であと十個食べてからにしようね」

その後、十個もあったケーキのほとんどをシオンが食べてしまったことは言うまでもない。ケーキが大好きなドラゴン、彼が龍王になったらとても平和な世界になりそうだと俺は思った。プリムもシオンと一緒にケーキを食べながら、頬にクリームをつけて笑っていた。

一つの冒険が終わった後のなんということのない一日だった。

あとがき

はじめまして、藍玉しずくと申します。この度は、拙作の一つが本という形になることになりました。正直、今でもまだ疑っているくらいです。発売されてから自分の本を書店で見て、ニヤニヤと喜びにひたるのが楽しみです。

本編のネタバレも少々含みますので、もしあとがきから読んでいる方がいたら本編をまずお読みになることをお勧めします。

勇者のお兄さまと狼少女は、お楽しみいただけましたでしょうか。少しでも皆さんが現実を忘れて楽しいひとときを過ごせたなら良いなあと祈っております。

このお話の中でレイとプリムの関係は実はお姫様とその騎士をイメージして書いておりました。なにがあっても自分を守ってくれる存在、そんな人がいたらいいよなぁと思いつつ書いてました。まぁ、少々騎士役としてレイはポンコツなところもありますが。

レイについてはもっと内面を詳しく書いてみたかったのですが、とにかくレベル上げ大好きというキャラクターにしてしまった為にそれ以外の内面が書き切れませんでした。元々レイ自身があまり感情的なキャラクターではないのも内面が書ききれなかった理由の一つです。弟が生まれてから家族間で大事にされなかった為、感情がいまだに未発達な部分が多いのでしょう。よくあったご質問にレイって本当に男かよ？　プリムという異性に対して鈍すぎると言われていました。レイにとってプリムは守るべき者という意識が強かったからでしょう。お姫様とその騎士というイメージもあり、二人の関係は良い相棒でおさまってしまいましたね。

プリムの内面も書き足りないですね、めまぐるしい日々を過ごしている中で彼女なりにいろいろと思うことがあったと思います。年頃の女の子ですしね、その辺りを想像してみると楽しいかもしれません。主人公に対する特別な感情もあると思うのですが、相手が鈍過ぎて通じていません。プリムのおかれた状況からして、なにがあっても自分を守ってくれるレイという存在は自然と大事なものになっていきました。また、特別な感情が生まれるのも無理はないと思います。この辺りも書ききれませんでしたね、プリムにとってレイは恩人であり、背中を預ける相棒になりました。あとはプリムの頑張りしだい!!……かな？

他にはもう一人シオンについても色々と書けそうな気がします、お気に入りのキャラクターです。彼が主人公でお話が一本書けるんじゃないかと思います。気にいっているんですが、お話に出てくるのが後半なので出番が少ない。番外編はそのあたりが影響してああなりました。プリム主体のお話とも迷ったんですけど、自分の趣味を優先してしまいました。

こんな仲間たちが旅をして、成長していく（主に物理）お話でした。機会があったらプリムの実家のことなどもありますので続きが書きたいものです。

物語の中で主人公たちは旅をしますが、私も旅が大好きです、もし宝くじに当たったたら通訳さん付きで世界旅行にでも行きたいところです。

ですから代わりに主人公たちにはいろんな国を旅して貰いたいと思っています、普段の家とは違う非日常的な世界こそ旅の醍醐味であります。

特に私が旅で気に入っている場所は東京です、いろんな博物館や美術館があってそこを巡ると少しは賢くなったように錯覚できるのが好きです。

さて、それでは最後にこの本が出版されるにあたって、応援してくださった小説家になろうの読者様たちに感謝を。それから実際に本という形にしてくださったアーススターノベル編集部の方々、またイラストを描いてくださったイラストレーターのこーやふさまにも深くお礼を述べたいと思います。散々迷惑をおかけしましたが、最後までお付き合いいただきありがとうございました。

それでは縁がありましたら、またお会いしましょう。

藍玉しずく

ATOGAKI

にぎやかなレイ達を描いていてとても楽しかったです。
プリムのいろんな表情描けて大満足ですが、やはり

もふもふ尻尾も描きたかったです…！

次機会があったら存分にもふりたいですね...
それではこの度はありがとうございました！！

EARTH STAR NOVEL

勇者のお兄さまは、ある日オオカミ少女を拾いました！！

発行 —— 2018年2月15日　初版第1刷発行

著者 —— 藍玉しずく

イラストレーター —— こーやふ

装丁デザイン —— 舘山一大

発行者 —— 幕内和博

編集 —— 古里学、溝井裕美

発行所 —— 株式会社 アース・スター エンターテイメント
〒107-0052　東京都港区赤坂 2-14-5
Daiwa 赤坂ビル 5F
TEL：03-5561-7630
FAX：03-5561-7632
http://www.es-novel.jp/

発売所 —— 株式会社 泰文堂
〒108-0075　東京都港区港南 2-16-8
ストーリア品川
TEL：03-6712-0333

印刷・製本 —— 株式会社廣済堂

ISBN 978-4-8030-1164-7